詩を読む

讀
谷川的詩

谷川俊太郎

詩選全集 2

讀谷川的詩
谷川俊太郎詩選全集 2
1993－2021

目次

詩集《不諳世故》（思潮社，1993年）

詩選集《谷川俊太郎詩集》（春樹文庫，1998年）

詩畫集《克利的天使》（講談社，2000年）

詩集《minimal》（思潮社，2002年）

詩集《心》（朝日新聞出版，2013年）

詩集《對不起》（七六社，2014年）

詩集《眾神晚安》（七六社，2014年）

詩集《我和你》（七六社，2015年）

詩集《作詩》（思潮社，2015年）

詩選集《谷川俊太郎詩選集》（集英社，2016年）

詩集《普通人》（SWITCH PUBLISHING，2019年）

詩集《米壽》（新潮社，2020年）

詩集《語言從何而來》（朝日新聞出版，2021年）

詩集《朝向虛空》（新潮社，2021年）

未收入詩集的作品

谷川俊太郎童詩選

繪本《超人和一群人》（時事畫報，1983年）

詩集《荒誕之歌》（青土社，1985年）

詩畫集《富士山與太陽》（童話屋，1994年）

詩集《大家都溫柔》（大日本圖書，1999年）

本書選自谷川俊太郎一九五二年至二〇二一年歷年作品，重新翻譯校對，可能與敝社已出版之詩集略有差異。副標、小標、標點符號或空格等格式均依照原詩樣式呈現。除特別標注「編注」或「譯注」之外，其他注解或附加說明均為原詩的一部分。

讀谷川的詩

谷川俊太郎詩選全集 2

田原　編譯

父親的死

家父在九十四歲零四個月時死去。

死的前一天去了理髮店。

那天半夜在床上將腹中之物排泄得一乾二淨。

黎明時分我們被看護叫過去的時候，張著摘去假牙的嘴，面色如同戴著能面的老翁已經死去。臉雖然冰涼手腳卻還溫熱。

鼻孔裡嘴裡肛門裡什麼也沒有流出，身體乾淨得無須擦拭。

人死在自己家裡會被認為是非自然死，所以我們叫來了救護車。運送途中和到醫院以後還戴了吸氧面罩並做了心臟按摩。因為實在很可笑，就請他們停止。

把遺體從醫院領回家。

我的兒子和與我同居女人的兒子一起收拾了房間。

來了三個法醫。驗屍報告上的死亡時間比實際時間晚了幾個小時。

來客絡繹不絕。

唁電接連而至。

花籃陸續送達。

我分居的妻子來了。我在二樓和女人吵架。

漸漸忙起來，忙得不知所措。

入夜後像孩子一樣嚎啕大哭的男人從門口踉蹌而入。

「老師不在了啊，老師不在了啊」那男子哭喊。

這個來自諏訪的男子哭著問「還有電車嗎，沒有了吧，我要先走了」就回去了。

天皇和皇后送來了一筆奠儀。封袋上蓋著現金參萬元的橡皮印章。

天皇送來了瑞寶一等勳章。勳章有三個，簡單儀式用的勳章像是乾癟的小檸檬片。家父倒是常用檸檬片搓乾裂的腳底。

來自總理大臣追封的從三位。這倒是沒有帶來別的，但是卻來了很多販賣勳章勳位裝飾框的廣告。家父曾是美男子，我想應該很適合佩帶勳章。殯儀館的人說所有葬禮中最講究的要數食葬。我想家父清癯也只能做碗湯而已。

*

在睡夢中死亡
用那敏捷無聲的手
拂去所有活著的細節
在供於祭壇的花束枯萎之前的
短暫時間裡徹夜聊著的我們

《不諳世故》———— 1993年

蠢話連篇

死是未知之物
未知之物沒有細節
這一點像詩
死和詩都常常概括出生命
而活著的人比起概括
更喜愛神祕的細節

*

喪主致辭

一九八九年十月十六日於北鎌倉東慶寺

祭壇上懸掛的家父徹三、家母多喜子的照片，五年前家母離世後家父就一直置於身邊。不光是照片，家母的遺骨家父也都放在身邊。這是家父對家母的愛情表現，亦或不過是單純的懶散，作為兒子的我也不得而知。今天破例，經法師允許，我們放上了家父家母倆人的遺骨。依照父親生前的意願，母親的葬禮舉辦得極為隱密。我想，家母的諸位生前友人，今天可以共同向家父家母告別了。

作為兒子的我看來，家父是一個終生以自我為中心的人，或許也因此有過孤獨的時候，但是我想是不是可以說，他幸運且幸福地盡享天年。今天，各位在百忙之中前來送殯，不勝感激。

*

《不諳世故》——————— 1993年

那是杉並區的老房子翻修改建前的事。我在浴室刷洗生鏽的金屬煙灰缸時，當時六十多歲的父親走進來，黑色和服外面罩了一件褂子，他說那個用磚做的洗衣籃，和從前的一模一樣實在好極了。因為洗手後的擦手巾掛在離浴室很遠的對面角落的毛巾架上，我想得把毛巾架移到靠近洗臉台的地方。問父親沒有覺得有什麼異樣，他說沒問題。當時的心情和面對一個月前的父親的心情是一樣的。場景突然拉遠，變成從以前伯母家看著庭院時的瞬間，意識到父親已經死了，便在夢中傷心而泣。即使醒來也不曉得是不是真的哭了。

不諳世故

自己的腳尖異常看得很遠
五根腳趾頭像五個素不相識的人
疏遠地靠在一起

床頭邊有電話與世間相連
卻沒有想說話的對象
我的人生從懂事起不知為何總是很多事要做
父親或母親都沒教過我如何閒話家常

只靠爬格子連續寫了四十年
如果被問你究竟是誰時回答是詩人最令我放心
這實在很奇怪
拋棄女人時我是詩人嗎
吃著喜歡的烤地瓜時我是詩人嗎

《不諳世故》———— 1993 年

頭髮快掉光的我是詩人嗎
這樣的中年男子不是詩人也比比皆是
我只是追趕名言佳句的蝴蝶的
不諳世故的孩子
那三歲小孩的靈魂
帶著意識不到傷害過別人的天真
活向百歲
詩
真是滑稽

舊收音機

舊收音機裡傳出微弱的人聲
那聲音好像是舊收音機還是新品時
無論如何都買不起時的
少年時期我自己的聲音

舊收音機講述著正在發生的事情
但聲音卻好像是從過去傳來的
熟悉的時強時弱熟悉的雜音
用旁觀者淡淡的音調播送著戰果

調諧器微微發熱閃亮
收音機只專注於捕捉遙遠的聲音
它現在仍讓人情緒亢奮
無可指責的好技術

然而我卻不能用這樣的聲音說話
甚至把最親近的人逼得失語
我曾用收音機的聲音小聲說過
不要意識到自己隱藏的惡

晚霞

有時候會回頭讀以前寫下的詩
並不去想當時是怎樣的心情寫了這種像教科書的事
因為寫詩時的心情只是想寫詩
我知道即便我寫了悲傷
當時我也不見得真的悲傷過

很難批判性地去讀自己的詩
即使開始遺忘它也不會屬於別人
然而又不完全屬於自己
這是一種不知該怎樣負責任像是懸在半空的奇妙心情

有時候會在不知不覺間被自己的詩感動
詩煽動人潛藏的抒情
幾乎可說幾近厚顏無恥

《不諳世故》——————1993 年

「文學最重要的原始目的之一
就是要提出道德問題」索爾．貝婁好像這麼說過
詩無意間指向的真理與小說不同
比起持續的時間它不是更屬於瞬間嗎

然而重讀自己以前的詩常會想
這麼寫可不行
因為一天可不是只有晚霞就能成立的
而且只是佇立在它的面前也是活不下去的
也不管它是多麼的美

紙飛機

即便不令人滿意但若有隻字片語
從了無一物的地方化合物般成形我就會心神安寧
儘管有時會想現在才說也為時已晚
有時也會想說出的不也是嚴重的錯誤嗎

不知是誰從我在的建築二十八樓窗口扔出一架紙飛機
它幾乎像一張紙條被風擺弄
掉在馬路對面警察署的停車場
時而顯示一下威嚴讓人看看水平飛行

紙飛機在空中飄動的數十秒讓我心滿意足
我把它稱作詩
被痛苦催生卻又與痛苦無緣
源於經驗卻又不稱其為經驗

與喜悅相似卻又比喜悅平靜

但是不能保證它會比夫婦吵架時的惡言攻擊要高級
因為詩從不做出任何承諾
它只是讓我們從縫隙裡窺見
世界與我們之間不可能存在的和解之幻影

上午八點

貓兒小黑不停地抓著臥室門
它不是餓了只是想上床
你這傢伙簡直像人一樣寂寞

現在我是空白而這空白正好被你這傢伙填滿
略顯撒嬌的叫聲和爪子的聲音填滿了我
那微妙的力量告訴我
生物只有這樣才能生存
其中沒有任何理由所以任何解釋都是徒勞

我在你這個動物不知道的歷史中活著
卻總覺得我是從這個瞬間的空白開始寫的
因為是空白所以什麼都可以容納

《不諳世故》———— 1993年

我想在那裡與一枚樹葉一起收藏核子武器
想在倦怠的同時收藏歡喜
我並沒有想從意義和意義的糾葛中逃脫
然而對峙和相互矛盾的東西能相互容納到什麼程度呢

小黑終於進來在我身旁蜷成一團

我幾乎是在背叛人類的地方寫著
希望不要被任何語言欺騙

驟雨來臨之前

像在椅子上舒展身體的狗一樣嗅著夏日的空氣
剛才讓我陶醉的大鍵琴音色
彷彿變成一種粗俗的誘惑
這都是寂靜的錯

寂靜從無數微弱生命交響的地方傳來
虻的振翅　遠處潺潺的水聲　輕搖草葉的風……

我們無論再怎樣豎起耳朵也無法聽到沉默
但寂靜即便不想聽也聽得見
穿過籠罩我們的濃密大氣傳入耳裡
沉默屬於宇宙無限的稀薄
寂靜則植根於這個地球

但我有把它聽清楚了嗎
坐在同樣這張椅子上的女人責備我時
她尖刻語言的利刺連接著地下糾纏不清的毛根
聲音中潛伏著的寂靜拒絕消失到死的沉默中去

閃電從遠方的雲端衝向地面
不久雷鳴就拖起遲緩冗長的尾巴
人類出現在世界之前發出的聲音
我們現在還能聽得見

鷹繋山

像體內的血液一樣把不斷流動的語言分成行
發現語言緗緊著身體
語言彷彿不肯讓我的心靈接觸

打開窗就可以看見六十年來看慣的山
午後的陽光落在山脊上
它的名字叫鷹繫但要無論念做 Takatunagi
還是念做 youkeizan 山都巋然不動

然而語言則顯得心情不好
因為關於那座山我一無所知
未曾被那裡的霧籠罩也未曾被那裡的蛇咬傷
有的只是眺望

《不諳世故》———————— 1993年

從沒想過憎恨
反之也沒想過喜歡語言
有羞愧得讓人毛骨悚然的語言
有透明得讓人忘卻的語言
可是還有深入思考的語言以種族滅絕而告終

我們的虛榮裝扮著語言
想看語言的本來面目
看那古典的笑顏

北輕井澤日誌

小鳥們為什麼不肯靠近我
單手拿著雙筒望遠鏡
我已經等了很久

畢竟不是同類嗎
唱的歌不一樣嗎

是啊
不知何時
我受不了反覆吟唱同一首歌的無聊
人就是這種動物
結果還不是只唱了一首歌而已
從你們的天空來看的話

七月三十一日

那裡放著一張長椅
一張木製的長椅
在陽台上
沒人坐的長椅

幾年前坐在那裡的男人已經不在
在晨霧中聽著收音機的年輕男子
想從此好好活下去
面對無比寬廣的世界
茫然一無所知

他痛苦卻不失望

儘管也悲傷過

但你明白了什麼？ 我問
那時聽過的音樂仍隱隱約約地
在此刻夏日的大氣中飄浮

可以看見老態龍鍾
裹在洗得褪色的床單裡
沉緬於回憶的他

他的肚子回到嬰兒時代
圓鼓鼓的
眼睛厭倦了文字

今八月一日

在天花板的木紋上徘徊

支離破碎的幻覺

幾張和善面孔的

旅行中看到岸邊草叢的

開始忘記名畫的

陽光從窗子傾灑進來

是啊只有它不論何時永遠相同

孩子們美麗可愛

近距離地直盯著我

然後又跑上遠處斜坡的孩子們

八月一日

赤裸著的孩子們
穿著漿得硬挺的外出服的孩子們
池面上蕩起漣漪
戰爭永無終止

他們很快也會老去吧
一個人喃喃自言自語
可是此刻孩子們喊叫著
用喊啞了的嗓音
來自山丘上
用我已經無法理解的語言

八月一日

《不諳世故》———— 1993年

知道嗎？
詩有各種各樣的文體
卡佛[1]文體
卡瓦菲斯[2]文體
莎士比亞文體
各個都打動我的心
雖然我讀的只是翻譯
（感謝翻譯家各位無數的佳譯和誤譯）

大家都用自己的文體一直寫到死
文體是一種命運

然而我卻被各種文體誘惑
一種　兩種　三種　四種……

我對它們都著迷
很快又對它們感到厭煩
像唐璜一樣

忠於女人
不忠於詩？

然而原本詩不就是
對人類不忠的東西嗎

如果把散文比作玫瑰
詩是玫瑰的馨香
如果把散文比作垃圾場

八月二日

詩是惡臭
總有一天我會像里爾克一樣
被真正的玫瑰刺刺傷手指……
以為要死了
卻又厚顏無恥地活下來

八月三日

太陽是光之網上的巨大蜘蛛
被捉住的我掙扎
如果這種快感是詩
我正執著於無法用人之手拯救的東西

八月十一日

「用機關槍掃射為我的曲子喝采的傢伙們
我想把他們統統殺死一個不留」喝醉的作曲家說道
在他美妙旋律的餘韻中死去的幸運聽眾
絕不會理解他吧

然而我懂
他那為忍受自己孕育出的無意義
要依賴暴力幻覺的心情
也懂得我們在分不清創造與破壞的時代裡的生存

八月十四日

《不諳世故》———— 1993年

我想只有忍耐
對不中意的一切
因為它們早就存在於此
從很久很久以前
無論怎樣用語言掩飾

儘管這麼說但唐突的喜悅並不會消失啊
人總是超脫限制活下來了
從觀念也好從思想也罷
大概從神佛也是

即便青蛙躍入古池世界也不會改變
然而改變世界有那麼重要嗎

八月十五日

就算全力以赴詩歌也不會變得嶄新
詩比歷史還古老
如果詩歌看上去有嶄新的時候
那也是詩歌將世界不變的事實
反覆說服我們的時候
用謙遜且傲慢的口吻

八月十五日

走進盡是收藏古今東西方詩集的圖書館
我不知所措
雖有戰爭有愛戀有憎恨也有根深蒂固的不安
世界看起來完全不一樣
彷彿用天使的目光俯看著塵世

《不諳世故》———— 1993 年

什麼時候真正的子彈會飛過來將我擊倒
我總是在意這個
卻全然忘記自己也藏著兇器

八月十九日

在天花板和牆壁的角落張著蜘蛛的巢
不過我判斷沒有必要除掉它
因為是蜘蛛巢不會有任何妨礙的家

這是與人之外的生命同居不會產生苦惱的家
但見蚊要打遇蜂則逃
在這個自古至今一如既往的家

我喜歡這樣的家

在我們的土地上孕育的語言
忌諱多嘴
說話乾脆利落佯裝不知
不在語言中重複語言
其實總是朝著無言
像不存在所謂的歷史
總是用白紙開始現在
想用語言捕捉的話

九月四日

它會卻倏然逃遁
相信逃掉的東西才是最好的獵物

這塊土地孕育的語言
讓在這塊土地
生長的我們感到困惑

九月四日

另一種性高潮再次襲擊我
此刻樹枝間灑落的陽光與莫札特相互調情
舊房子喃喃低語
永恆用豔麗的裝扮欺騙我
不知是誰設下的圈套

讓我反覆陷入
主動地

明知是幻覺
我卻無法從那裡逃脫
從過於美妙的圈套中

毋寧說我想永遠被囚禁在那裡
但圈套卻毫無幽默地將我推向
唯有幽默才能拯救的
我原來所在的人世

九月五日

《不諳世故》———— 1993年

1 編注 瑞蒙・卡佛（Raymcnd Clevie Carver Jr, 1938－1988），美國小說家、詩人。

2 編注 卡瓦菲斯（C.P.Cavafy, 1863－1933），希臘現代詩詩人。

致虛空

自己在半年前寫的詩如同令人懷念的旋律
從那時到現在每天都發生著各種事
我的確置身於此活著
但詩卻彷彿把發生過的事拋向了虛空

醬汁琥珀色的濃稠液體附著在綠色的萵苣上
人車無聲地通過擦得明亮的玻璃窗另一邊
薄薄的白色吐司夾著粉紅色的厚火腿

讓塗了五顏六色的圓盤旋轉之後看起來會像是白色
爭執不下的現實保持平衡時接近於空白
我經歷過若干次這樣的瞬間
於是邊喝咖啡或啤酒
獨自
像愛德華・李爾的五行詩裡出現的帕爾馬婦人[1]

離群索居變得很安靜很安靜很安靜
對我來說詩不過是由於危險的平衡而成立
或許不過是極為個人化的快樂瞬間而已
有寫下它的必要嗎？

然而我卻在飯店的咖啡館奮筆疾書
在昆德拉著作的封面裏
一邊想著討厭寫作
心還是被尚未抒寫的詩不安的真實所征服

1 編注 愛德華·李爾（Edward Lear, 1812–1888）英國詩人、插畫家。帕爾馬（Parma）義大利北部城市。此處引用李爾的一首五行詩〈There was a Young Lady of Parma〉。

淨土

無法逃脫我是我的事實
我毫無懼色地在人們面前袒露出
雙目雙耳一鼻一口的平凡組合
或許是因為我有需要隱藏的東西

在骯髒的瓷磚圍成的房間再見到剛死去的朋友時
他血液和內臟已被掏空
像一艘遇難的獨木舟被浪打上了解剖台
已經無可運送和隱藏
遺留給我們的只有白晝般螢光燈的亮

比起黑暗光明更可怕
背對閃閃發亮的大海再醜陋的東西看上去也很美
在無限面前我們還原為一粒沙

與傳入耳裡的謾罵和笑聲成為遙遠的濤聲……

如果去了淨土
我該露出怎樣的表情
如果一切都會被神佛或天使看透

我藏起如果不死就必定會失去的東西
自己並沒有意識到是在隱藏
在人們冷淡的包圍下對將死生命的嘈雜摀住耳朵
我在初冬斑駁的樹影中

聽莫札特的人

聽莫札特的人將身體像幼兒一樣蜷起
目光在翹起的壁紙上徘徊如同在晴空游移
彷彿看不見的戀人在耳畔低語

旋律變成一道問題令他煩惱
他無法回答那個問題
因為問題立即自己回答了
總是棄他而去

毫無防備地向全世界公開的枕邊私語
人世間本不會有太溫柔的愛撫
絕不會實現的殘酷預言
所有拒絕 No 的 Yes

《聽莫札特的人》———— 1995 年

聽莫札特的人站起身
從音樂母性的抱擁中掙脫
為尋找可以答出的問題走下台階向小巷而去

海的比喻

不是人看海
而是海看人
用亙古不變的炯炯眼神

不是人聽海
而是海聽人
用無數潛伏水底貝殼的耳朵

留下一條航跡而人啟程
向著永不消失的地平線
任狂風怒潮和平靜的海面擺佈

一副碗筷幾個鍋子　然後
洶湧澎湃盈滿的情感

連結女人和男人

但是還有比這更強烈的東西連結著兩個人
那就是完整的大海
它不厭其煩地重複卻依然美麗

不是人在歌唱海
是海在歌頌著人
是海在祝福著人

與其說純白

1

自己化作大鍵琴
等了一夜啊
當然是莫札特
才十二歲的
看啊就像這樣
難道沒有失眠的時候？

2

愛情到處皆是
像在廚房裡
切洋蔥流出眼淚時
會想起啊
悲傷的理由

總是因為愛情

3

若有來世我想變成鯨魚
在大海裡唱著歌生活
不懂得語言
卻有歌聲
鯨魚的心比人大得多
所以歌聲也會持久

4

就是啊
成為畫面的瞬間很重要
我為此活著

所以我的照片只需要拍一張
不去回憶地空想
我的一生

5

才二十世紀呀
未來會姍姍來遲吧
讓人等不及啊
坐在椅子上動作遲緩
戀愛以及
夢想都焦躁不安

6

故意扮演迷路的孩子

遊走在空曠的迷途
此處為何方今夕是何年
早已諳熟於心
卻也會忽然懵懂無知
在看地球儀的時候

7
花開了吧
聽得見大海的呼嘯吧
微風也許正吹著吧
這些就讓你覺得幸福了吧
所以我內疚無比
形隻影單

8

我從空中被看著
被烏鴉被雲朵被蜻蜓被天使
從空中看的話
看不到捉弄也看不到嫉妒
我已非我
一定會在地面上溶化

9

想聽在馬拉喀什時的事情？
但是因為你不在
一定很無聊啊
馬拉喀什那裡也有孩子喔
默默站著的孩子

所以也一定有愛吧

10

喜歡亂說一通喔
對那些尚不知曉的真實
因為覺得好像知道
然而真實的真實
一閃即逝
如同芳香的氣息

11

比起男人我更想被樹木抱擁
被葉片觸摸
被枝蔓捆綁

想與樹根纏繞
我嫉妒天空
因為樹木也凝視著夜晚和天空

12
你知道嗎？
心情有各種各樣的顏色
讓你我的顏色混合也無妨
比起純白的狀態
變成厭惡的花朵顏色
豈不更好？

《與其說純白》———— 1995 年

地球的客人

像一個缺乏教養的孩子
不好好打招呼
便推開藍天之門
坐進大地的房間

我們是　草的客人
樹木的客人
鳥兒們的客人
水的客人

以得意洋洋的面孔
對端出來的佳餚
嘖舌
對景色讚不絕口

不知何時
自以為會成為主人
文明的
那種沒有規矩

然而要離去
已經太遲
因為死亡養育著
新的生命

我們死後的早晨
那個早晨的
鳥兒們的鳴叫

浪濤的聲響
遙遠的歌聲
風的搖曳
可以聽得見嗎
現在

《與其說純白》—————— 1995 年

不被任何人催促地

我希望不被任何人催促地死去
微風從窗口送來草木的芳香
大氣包覆著平凡日子的聲響　可以的話在這樣的地方
即使鼻子已經無法嗅出那香氣
即使耳朵聽到的只是人們在身旁的嘆息

我希望不被任何人催促地死去
想讓心臟像我鍾愛的音樂一樣舒緩下來
像宴席散後的假寐一般悠悠地進入夜晚
或許因為大腦停止思考之後
超越思考的事情還停留在我身體的某個地方

這並非因為我吝惜自己
因為被死亡冰冷的指爪掐住手腕的人們

那種肝腸寸斷的不安和掙扎也並非感覺不到
我只是想讓身心合一遵從命運
仿效野生生物的教誨　獨自一人

因為我希望不被任何人催促地死去
我想在沒有任何人催促時死去
我想以一個完整的生命死去
我相信有限的生命　我憐愛有限的生命
現在是　臨終時也是

我希望不被任何人催促地死去
不管等在門外的人將我帶往何處
都不會是在這塊土地上了吧
我想悄悄留在活著的人們之中

作為眼見不著　手觸不到的存在

＊一九九四年十月八日在關於「腦死・器官移植」的座談會上朗讀。

十二月

請給我　錢買不到的東西
請給我　手摸不到的東西
請給我　眼看不到的東西
神　如果您真的存在
請給我　一份真心

無論　那會多麼痛苦
我都能和大家一起　努力活下去

醜陋的天使

——Hässlicher Engel 1939

呼喚　上帝
給人以愛
聽到的只是
天空的呼喊
雲朵的呢喃
和無法成為人類聲音的竊竊私語
醜陋的天使
拍打著翅膀
笨拙地在高樓間盤旋
被愛的人
懷疑愛的人的愛

美術館則是
充滿上帝的肖像

滿懷希望的天使

——Engel voller Hoffnung 1939

原野和海邊
街角和房間裡
都有我喜愛的東西
不過讓我喜歡得要死的東西
哪裡都沒有

晚上和天使一起入眠

想讓山擁抱
想融入天空
想被吸進砂土
扔掉人的形體

沿著赤裸裸的生命之河

《克利的天使》———— 2000 年

悲傷的天使

——armer Engel 1939

滴落在白色的翅膀上
人類鮮紅的血
理應癒合的傷口
又再裂開

天使看不見它的顏色
拍打著翅膀
使紅色變淡

在天使意想不到的地方
人活著
一邊祈禱著希望成為天使
人死去

《克利的天使》———— 2000 年

裹著樹木的綠
染著大海的藍

不成熟的天使

——unfertiger Engel 1939

做了不該做的事
做了不得不做的事
還做了一些想做的事
（是嗎？）

在地上盛開的
所有花朵的名字即使記住了
在海裡游的
所有魚兒都捕到了
沒出生的嬰兒也不停哭泣

世界是吃不完的佳餚

悲傷也是活著的喜悅

《克利的天使》———— 2000年

沒見過的天使說
好像生氣似的

房間

宛若妖精
在房間飛轉的
四分音符
音樂
決不會
洩漏祕密
語言
徒勞的
求愛
向著寂靜
死去的

今天

拒絕

山
不拒絕
詩歌

還有雲
水
和星星

它拒絕的
總是
人

以恐怖
以憎恨

《minimal》———— 2002年

以饒舌

影子

靜靜流淌的河
低著頭
目送遠去的樹
變成沿著紅褐色牆壁信步的
影子
延伸到街頭
想把有形之物
溶在
大氣中
想把有語言的東西
靜靜地

歸還

在傍晚的床榻

等待

睡眠

嘆息

葉脈
在晨光中
透亮

天空
隱藏起
星星

哭泣的幼兒
笑得恍惚
汗與血與尿

如此
無懈可擊的

自然
不為死
生悲
只為活著嘆息

歌聲

是誰
在歌唱著
我

以雲的曲調
以樹木的
和聲

遲早會停止
心臟的
韻律
但歌聲持續
讚美著

你

在河底
流動著
水的旋律

在廢墟上
響徹著
夜的休止符

正午

蛇
在落葉上
爬行

甲殼蟲
在樹洞裡
假寐

人
走出
這個正午

對光亮
失明

《minimal》———— 2002年

心空空蕩蕩

額上有疤
臉上有痂
胸前有刺青

背上
擔負著
曾經的愛情

臉

臉
在世界上
只有一張
臉是
露出的
命運
在鏡子深處的
黎明裡
困惑
找膩了
另一張

臉

在心靈的夜晚

等待最後的

日出

冬天

枯枝是
世界的
骨骼

靜謐是答案
寂寥是
歡愉

不知何故
忘了問
為何

走過
樹叢的

冬季

泥土

記憶是
濃密的
暮色

在衰老中
連後悔也
是微弱的光

已不再綻放
花朵們的
種子

現在也繼續播種
讓泥土

《minimal》———— 2002年

歌唱

午夜的米老鼠

午夜的米老鼠
比白天難以理解
提心弔膽地啃著吐司
在地下水道裡散步

但總有一天
他會從這個世界見到的
愉快笑容裡逃走
還原為真實的鼠類吧

這麼做是苦
還是樂
我們無法知道
他心不甘情不願地啟程

《午夜的米老鼠》———— 2003年

被理想的艾登乾酪的幻影誘惑
從四號路走向南大街
然後到了胡志明市的巷弄裡
邊走邊散佈子孫

終於獲得了不死的形象
儘管它的原型
已經用3D的方式壓縮記錄在
古今東西貓的視網膜上

看什麼都想起女陰

看什麼都想起女陰啊
遠處那座長著胎毛的山丘也一樣啊
可以做愛的話真想做呢
我能不能變得與天同高般巨大呢
像赤裸的巨人啊
不過那樣的話我可能就會跟天空做愛
天空也是妖媚的
又陰又晴的讓人心癢癢哪
一抱住天空我就立刻射了
給我想個辦法吧
我甚至想和那邊盛開的花做愛呢
這可不是出於花的形狀與那兒相似這麼噁心的理由哦
我就是想進入花蕊想得死去活來
並不是單單把那個放進去

《午夜的米老鼠》———— 2003年

而是要把身體變小扭動著進入
你覺得我會去哪兒呢
這種事誰會知道
好羨慕蜜蜂呀
啊啊受不了了
風吹過來了哪
就像與風做愛一樣
都還沒求它就來撫摸了
輕輕地輕輕地愛撫得真是妙極了
人家又不是女人啊
啊啊毛髮聳立起來
為什麼要做啊
我的身體
我的心情

都快溶化掉了啊
我掘地三尺
是土的氣味
水也噗噗地湧出來
用泥土把我蓋上吧
把草葉蟲也混在一起吧
但這如同死掉了啊
真是笑死人了
我是不是真的想死了啊

《午夜的米老鼠》—————— 2003 年

廣闊的原野

廣闊的廣闊的原野啊
蹣跚地走過不知不覺地長成了大人
喊著女人的名字也被叫著女人的名字

曾經想原野總會有盡頭
也曾相信它的對面總會有什麼
於是不知不覺地變成了老人

耳朵只聽想聽的事情
遠處的雜木林中坐落著莊重的石屋
那裡的人已變成木乃伊……卻仍美麗

廣闊的廣闊的原野啊
到了夜晚天空綴滿閃爍的星星

邊走邊想我怎麼還沒死呢

醒來之前

重重的拉門響起喀隆喀隆打開的聲音
不知是誰進到了屋內
還這麼早的時候

來做什麼呢
是來拜訪我的吧
聽不到腳步聲

早點出現在我面前就好了啊
因為我就在這裡呢
出生以來都在

任憑怎樣搜尋記憶
也想不起長相

只有拉門的聲音還有印象

藤椅掛軸篩子花盆
堆在老舊的泥造倉房
從前我們在那裡玩過捉迷藏

是那時的我嗎
現在進到這個家裡的
一言不語

那個人來了

那個人來了
又長又短如夢般的一天開始了

觸碰那個人的手
撫摸那個人的臉
凝視那個人的眼
手放在那個人的胸口

以後的事情就不記得了
外面站著一棵被雨淋透的樹
那棵樹比我們長壽
這麼一想就突然發現自己現在是多麼幸福
那個人總有一天會死去

我和我的好朋友們也總有一天會死去
但那棵樹不會死去
樹下的石塊和泥土也不會死去

入夜雨停星星開始閃耀
時間是永恆之女　歡樂是哀傷之子
我在那個人的身旁聽著永不停止的音樂

大海的意義

凝望大海
我覺得哪裡都能去
我想一直走下去
但我已不知這裡是何地
現在是何時

傾聽大海
這個星球巨大的心臟跳動著
從不中斷的血循環著
還傳來尚未誕生的某人的聲音
聽得見絕不消失的歌聲

觸摸大海
小小的浮游生物
餵養著巨大的鯨魚

《夏卡爾與樹葉》———— 2005年

隱藏在深深海溝裡的未知生命
被海藻的手指猶豫不決地撥弄著

思考大海
與守護地球的大氣相同顏色的藍色外衣
與魚類貝類同甘共苦人類的故鄉
波濤洶湧或風平浪靜的表面其深處不變的寧靜
從不倦怠的指向無限的海平線

愛著大海
一邊對抗風一邊孕育風的帆
留在曬黑手臂上白色乾掉的鹽味
滴在大海的果實上的檸檬香氣
與古代傳說一致的記憶和預感

光

我之所以能看見你
我之所以能看見你靈動的眼睛
和筆直的黑髮
是因為清晨的光

我之所以能看到街道
我之所以能看到裝飾在窗邊的天竺葵
和從遙遠國度寄來的明信片
是因為白晝的光

我之所以能做夢
我之所以能如此清晰地看到
航行在遠古大海上的大帆船
和那所有被詩歌稱頌的不確定之物
是因為夜晚的光

《夏卡爾與樹葉》———— 2005年

我之所以能看到光
我之所以能獨自站在山頂
看到一天最初的光芒
不是因為我的眼
我之所以能看見黑暗
我之所以能用心看見
我用眼睛看不見的東西
那不是因為我的心

光不是為了我的眼睛而存在
而是我的眼為了光存在
黑暗不是為了我的心而存在
而是我的心為了黑暗存在

遺傳基因

最小的祕密
我就是我
你就是你

最小的祕密
每個人都藏在身體裡
誰都無法用心靈感受到

但它就在那裡
掌管命運
預言死亡

最小的祕密
無法用語言表達

只能用符號指名道姓
最小的祕密
潛伏在生命中的引信
讓生物以各種形式爆炸
所以它就在那裡
帶來歡喜
培育畏懼
最小的祕密
在那無限的細節上
我們失去的是神的幻影？

Larghetto[1]

我被白樺樹告知
被藍天教誨
被蛇莓嘲笑
被微風戲弄

我想要什麼呢
對滿溢的詩
我無法為其賦予語言

在安靜的正午偶爾聽到
來自遠古的虻的情話
在黃昏的大氣中嗅出
留在草地熱氣裡的永遠的味道

明明心中充滿懷疑
身體卻無法不歌唱
夜晚的道路持續到死亡的盡頭

1 編注 Larghetto 是音樂術語慢板中的甚緩板。

讀

灰的喜悅

在斜坡下的十字路口
可燃垃圾被雨淋著

昨晚為止還是書的東西
現在是浸水的一坨紙

直到剛才還是文字的東西
現在只是毫無意義的黑漬

但是書還記得
第一次被翻開時的心動

播在書頁田地裡的種子
在少女的心中靜靜萌芽之時
書對自己終究會化作灰
成為使靈魂結果的養分
在平靜的放棄與喜悅中
早有預感

戀愛的男子

無法讀完戀人諷刺的笑臉
他讀戀愛論

翻開的書頁上的愛
聞不到也摸不著
卻剛被意義撐破

他闔上書嘆口氣
然後出門去練習柔道
「要讀對手的動作！」
響起教練的訓斥聲

當晚被戀人拒絕接吻後他想
世上不得不讀的東西那麼多
比起讀人心
讀書也太輕鬆

但不正是為了讀無可言喻的事物
人們才讀著語言嗎
他再次回到戀愛論
一邊嘆氣
用保險套代替書籤

語言

語言是種子
長眠於古老的大地
語言是新芽
誕生於嬰兒的唇間
語言是花朵
被歌頌著綻放於大氣中
語言是樹枝
乘著風搔天空的癢
語言是根
延伸進幽暗的靈魂

《夏卡爾與樹葉》———— 2005年

語言是葉片
枯萎後等待新的季節

語言是果實
在痛苦的夜晚結果
在喜悅的日子裡成熟

用無限加深的意義
用回味無窮的微妙味道
連結人們的心

詩

——為了〈河童偷了嗎〉

詩賭氣睡著
在證券交易所的廁所
誰也不買我
不管等多久都不值錢

詩嘿嘿笑著
在退休老教授的肚子裡
沒人注意到在這裡
沉迷於閱讀寫在黑板上的文學史

詩沉默寡言
在聯合國大會一塵不染的會場
沒人理會我的聲音
即使演說時全世界的麥克風都對著我

詩一個人走著
在熙熙攘攘的人群中
每個人都在尋找我的影子
在霓虹燈和液晶螢幕裡眼花繚亂

詩玩著捉迷藏
在剛印出來的詩集書頁
藏在形容詞或副詞或動詞或標點符號裡
等待被不是語言的東西發現

片斷

慢慢舉起手
慢慢放下手
喘口氣
我還活著

*

沉默這個詞
可以遙遙指向沉默
但只要沉默這個詞存在
真正的沉默便不在這裡

*

然後窗戶開著
面向早晨的庭院
是時候問問該怎麼活著了
時時刻刻

*

試圖捕捉語言而呻吟的野獸
試圖逃避語言而呻吟的人類
試圖理解憎惡
才是愛的開始

小便

總統在小便
邊小便邊想
我不想打仗哪
只要有足夠的石油

恐怖分子在小便
邊小便邊想
我不想自殺式襲擊哪
不想丟下戀人而死

士兵在小便
邊小便邊想
我討厭殺人哪
但更討厭被殺

男孩在小便
邊小便邊想
我想打一次真槍哪
光是打GameBoy不夠過癮

軍火商在小便
邊小便邊想
沒有槍維護不了和平
沒有錢也買不了自由

野狗在路上小便
邊小便邊想
沒有敵人就沒有夥伴
只是活命而已

春的臨終

我已喜歡過活著
先去睡吧小鳥們
我已喜歡過活著

因為遠處有呼喚我的東西
我已喜歡過悲傷
可以睡了喔孩子們
我已喜歡過悲傷

我已喜歡過笑
像穿破的舊鞋子
我也喜歡過等待
像過去的人偶

把窗戶打開　這麼一句話
讓我聽聽是誰在怒吼
是的
因為我已喜歡過惱怒

晚安小鳥兒們
我已喜歡過活著
早晨　我也喜歡過洗臉　我

胡蘿蔔的光榮

列寧的夢消失而普希金的秋天留下來
一九九〇年的莫斯科……
裹著頭巾滿臉皺紋穿戴臃腫的老婆婆
在街角擺出一捆捆像紅旗褪了色的胡蘿蔔
那裡也有人們在默默地排隊
簡陋的黑市
無數熏黑的聖像眼睛凝視著
火箭的方尖塔[1]指向的天空
胡蘿蔔的光榮今後還會留在地面上吧

1 編注 俄羅斯為紀念蘇聯第一位登上太空的太空人加加林（Yuri Gagarin）於一九八一年設置的尖塔型紀念碑（Monument to the Conquerors of Space）。

世界的約定

晃動在淚水深處的微笑
是亙古以來世界的約定
今天也是從兩個人的昨日中誕生
即便此刻孑然一身
宛如初次的相逢

回憶中沒有你
化作微風輕撫我的臉

在陽光斑駁的下午分別後
也絕不終止世界的約定
即便此刻孑然一身明天也沒有盡頭
你讓我懂得
潛伏在夜裡的溫柔

回憶中沒有你
你在溪流的歌聲中在天空的蔚藍裡
在花朵的馨香中永遠活著

鑽石就是雨滴

我從生下來就知道
人生雖只有現在
悲傷會延續到永遠
淚水卻每一次都是新的
我沒有可以對你說的故事

只是凝視眼前的樹木
就會笑得渾身發顫的孩提時期
一天的結束便是夢的開始
人人都無緣無故地活著
我沒有可以對你說的故事
我覺得什麼時候死都無所謂
鑽石就是雨滴

離別的寂寥也如同電影
即使絕不會忘記明天也照樣來臨
我沒有可以對你說的故事

河流的源頭深藏大地
因為相愛才看不到未來
受傷的昨天是日曆的記號
如今正像波紋般擴散
我沒有可以對你說的故事

我的心太小

在我心中開著的那朵花
是我春天的記憶
在書信間頷首的花的印記
如同我今天的憧憬
在我心中開著的那朵蓮花

在我心中下個不停的大雪
是我冬天的記憶
裹在你的外套裡行走
如同我今天的孤寂
在我心中下個不停的大雪

在我心中喧囂的大榆樹
是我秋天的記憶

你在樹下做了草笛給我
如同我今天的痛苦
在我心中喧囂的大榆樹

在我心中延伸的寬廣大海
是我夏天的記憶
你邊游邊笑著露出你的皓齒
如同我今天的悲傷
在我心中延伸的寬廣大海

我的心太小了
如同我今天的愛
變成淚水溢滿你的記憶

自我介紹

我是一位矮個子的禿頭老人
在半個多世紀之間
與名詞和動詞和助詞和形容詞和問號等
一起磨練語言活到了今天
說起來我還是喜歡沉默

我不討厭各種工具
也喜歡樹木和灌木叢
但是不擅長記住它們的名稱
我對過去的日子不感興趣
對權威抱持反感

我有著既斜視又亂視的老花眼
家裡雖沒有佛壇和神龕

卻有直通室內的大信箱
對我來說睡眠是一種快樂
即使做夢了醒來時也會全忘光

寫在這裡的雖然都是事實
但這樣寫出來總覺得像在撒謊
我有兩個分居的孩子和四個孫子但沒養貓狗
夏天幾乎都穿T恤度過
我寫下的文字有時也會標上價格

某種景象

沒有人煙的原野上捲起的旋風
為無處投奔而困惑
無數被蒸發的淚水變成卷積雲
漂浮於瀕臨死亡的藍天一隅

草叢間雖有散落的屍體
卻看不到啄食它們的鳥
曾經被稱為音樂之物的跡象
像怯懦的背後靈似的飄蕩

人們思考講述並寫下的所有語言
本來從開始就是錯誤
只有盯著剛生下的幼犬
發出無言的微笑才是正確的

《我》——————— 2007年

大海上升悄悄逼近山巒
星星一顆接一顆地安息
「神」真的存在嗎
還是已經死去

世界末日是如此肅靜而美麗……

這是　我試著寫下的
語言裡只有我的過去
卻怎麼也找不到未來

再見

我的肝臟啊　再見了
與腎臟和胰臟也要告別
我現在就要死去
沒人在身邊
只好跟你們告別

你們為我勞累了一生
以後你們就自由了
要去哪兒都可以
與你們分別我也變得輕鬆
只有靈魂的素顏

心臟啊　有時讓你怦怦驚跳真的很抱歉
腦髓啊　讓你思考了那麼多無聊的東西

眼睛耳朵嘴巴和小雞雞你們也受累了
我對你們覺得抱歉
因為有你們才有了我

儘管如此沒有你們的未來還是光明的
我對我已不再留戀
毫不猶豫地忘掉自己
像融入泥土一樣消失在天空吧
和無言者們成為夥伴吧

二×十

在這個星球灑落的言論塵埃之上
無精打采地飄浮著詩歌的朝靄

那天手指觸碰過的臉頰
現在只是白紙上的一行文字

舌頭靜默地舔舐著
眼睛看錯的東西

心忘卻的一瞬一瞬
落在靈魂上堆積著（吧）

在語言的小徑上走得精疲力竭
坐在沉默的迷途　發笑

《我》———— 2007年

字典測不出一個單詞的深度
詞彙散亂在知性的淺灘

語言是皮膚　黏在現實的肉上
詩是內視鏡　在內臟的暗處動彈不得

在譬喻無可救藥的絢爛之後
沉默中途收場

意思呼喚著意思
忍受不住黃昏的孤獨

夜越來越深
明天在底層冒出淡淡的煙

詩人的亡靈

詩人的亡靈佇立著
對著空屋傳來滴答雨滴的玻璃窗外
不滿於自己的名字只是留在文學史的一角
不滿於只是把女人逼到了絕路
對來世的安於現狀感到愧疚不安

雖然已不能再發出聲音
但化成文字的他卻存在著
在新舊圖書館地下的書架深處
仍與摯友爭奪著名聲
終於無法再回答詩的問題

他相信自己讀過藍天的心
也相信懂得小鳥啾鳴的原因

像鍋灶一樣與人們一起生活
相信已領會了隱藏在叫喊和細語裡的靜穆
不流一滴血和汗

詩人的亡靈旁邊是犀牛的亡靈
納悶地探視著鄰人的臉
不知道與詩人同是哺乳動物的犀牛說
人啊　請你給我唱一首搖籃曲
不要區別親密的死者與詩人

維護詩以及小說何以無聊

「詩因無所事事而忙碌」
——比利・科林斯（Billy Collins，小泉純一譯）

用MS明朝體的足跡踢散
初雪的早晨般記事本的白色螢幕的不是我
那是小說做的
只能寫詩真的是太好了

小說好像認真地苦惱著
讓女人拎著剛買回的無印皮包好呢
還是讓她拎著母親遺留下的古馳包包呢
從此沒完沒了的故事就開始了
複雜化的壓抑和愛憎的
各種無奈

詩有時忘我地輕飄飄浮在空中
小說謾罵這樣的詩是薄情寡義不諳世故
並不是不能理解

小說用幾百頁的語言把人關在籠子裡之後
就打算挖洞逃跑
但是要說首尾呼應挖通的洞口是何地
那是孩提時住過的巷弄深處
詩歌吊兒郎當地佇立在那裡
與柿樹等一起
說著對不起

描寫人的行為的是小說的工作

給人帶來無數歡喜的是詩的工作

小說走的路蜿蜒曲折地通向人間
詩連蹦帶跳走的路越過筆直的地平線
二者都無法讓飢餓的孩子吃飽
但至少詩不怨恨世界
因為幸福的微風吹進了肺腑
即使喪失語言也不害怕

小說在找靈魂出口急得發瘋時
詩用不分宇宙和舊鞋的懶洋洋聲音唱著歌
詩透過祖先神靈口耳相傳的歌曲與高采烈地穿越時空
朝著人類不會滅亡的方向

《我》———— 2007年

「音之河」

——給武滿徹

音之河流動在樹木和樹木之間
也流動在積雨雲和玉米田之間
大概也流動於男女之間

你讓那股潛流響徹我們的耳鼓
以鋼琴以長笛以吉他以聲音
有時也以沉默

音樂不管經過多久都不會變成回憶
因為此刻向著未來發出迴聲
你也永遠都不會消失

穿著你留在今世的衣服
我傾聽著你在那來世的歌

《我》———— 2007年

暮色慢慢地順著環繞大廳的樹木落下
語言的秩序一點點地退回背景裡
我們在耳邊感受到
充滿對世界的矛盾的溫暖嘆息

未來的小狗

少年3

愛我的未來小狗
在海岬的獨棟房子陽台上搖尾巴
到能見到它的那天為止
我每天都堅持不懈地寫日記

寫某一天森林裡的七葉樹
寫某一天抽筋的腳
還寫某一天有個漂亮的孤兒
然後我漸漸長大

昨天在我一個人造訪的天文台
看到了三萬年前的星空
它們在我的頭頂慢慢旋轉
不知何故流下眼淚

《我》———— 2007年

我消失的那天
星星依然璀璨
那時我未來的小狗說不定
就在我身邊

與母親相會

少年 4

我一個人去了從前
蝴蝶在從前陰沉的空中翩翩飛舞
有個女孩看著它
孤單單地坐在草地上

孤寂的情感源於何時何地
我在默不作聲的女孩身邊坐下
盯著一對交尾的蝴蝶
這女孩說不定就是我的母親

一條誰也未曾走過的路
向著地平線消失
只有隱隱約約的弦樂聲
挽留我在這個世間

《我》———————— 2007年

即使遙遠的未來也變成了從前
我一定還在這裡
只要把愛牢記在心
就會對死亡感到歡愉

是人啊

少年6

我是個上了年紀的少年
是尚未出生的老人
無所不知的太陽
從幾億年前就默默地為我發光

我是人
不是蠹蜥也不是蘑菇
時而想變成積雨雲
時而又憧憬著抹香鯨

姊姊去年離開了這裡
留下用凹了的口紅
我可以哪兒都不去
因為世界上的任何一個地方都是這裡

《我》———— 2007 年

在落葉的葉脈旅行
我描繪著生命的地圖
朝著陰莖的指向
我的夢會醒吧

哭泣的你

少年9

坐在哭泣的你的身旁
我想像你心中的草原
在我未曾去過的那裡
你對著無垠的藍天歌唱

我喜歡哭泣的你
如同喜歡笑著的你一樣
儘管悲傷無處不在
但它總有一天必將融入歡愉

我不問你哭泣的理由
即使是因為我的緣故
此刻你在我的手觸不到的地方
正被世界擁抱

《我》———— 2007年

在你滾落的一滴眼淚裡
有著所有時代的所有人
我會對著他們說吧
我喜歡哭泣的你

那個人

少年10

只是愛那個人
我的一生就結束了吧
之後死去的我
會繼續活在那個人的回憶中

在那個人頭頂上的遼闊藍天
曾經只是我一個人的
照著那個人臉頰的太陽
我也不給任何人

在白雪覆蓋的山那邊
有那個人居住的村莊
那個人或許在那裡生了孩子
被兒孫圍繞吧

《我》———— 2007年

幸福像幻影一樣不可捉摸
如同化石總是埋在地下
我已經正看著
那個人寧靜的雙眸

再見不是真的

少年12

告別晚霞
我遇見了夜
然而暗紅色的雲卻哪兒都不去
就藏在黑暗裡

我不對星星們說晚安
因為他們常常潛伏在白晝的光中
曾是嬰兒的我
仍在我年輪的中心

我想誰都不會離去
死去的祖父是我肩上長出的翅膀
帶著我超越時間前往某處
和凋謝的花兒們留下的種子一起

《我》———— 2007年

再見不是真的
有一種東西會比回憶和記憶更深地
連結起我們
你可以不去尋找只要相信它

臨死船

不知何時我乘上了駛往來世的渡船
那裡擁擠不堪
老人很多但也有年輕人
令人吃驚的是還有幾個嬰兒
他們多半無人陪伴形單影隻
卻也有彷彿因恐懼而相互依偎的男女

早就聽說去來世不那麼容易
但我想如果不介意船的搖晃這樣倒也輕鬆
只是這種想法並不可靠
很難說清我到底是不是真這麼想
也搞不懂是已經死了才這麼說
還是因為想法這玩意兒原本就是這樣

《特羅姆瑟拼貼畫》[1] —— 2009年

無意間抬頭一看發現這裡也有天空
初秋的傍晚太陽斜照
模糊的橙色披著一層褪色的青宛如戴著面紗
一切像似醒非醒的夢
船的舊式發動機發出低鳴緩慢前行
來世還很遠吧

身旁的老人自言自語
「這就是冥河吧
比我想的大多了　簡直就像大海」
說起來還真看不見對岸
儘管也看不見水平線
那是因為水天相連彷彿一塊布

咦　不知從哪兒傳來了聲音
「孩子的爸　孩子的爸」如此喊著
好像在哭
覺得聲音好耳熟原來是老婆的聲音
莫名地有點性感
讓人想擁抱她　儘管應該已經沒了肉身

我東張西望尋找老婆的身影
她雖在身邊卻像幽靈般身形模糊
我握她的手也完全沒有感覺
然而她的心情我卻瞭如指掌
是真心悲傷就算了
但很在意這其中也摻雜著人壽保險的算計

聽到老婆的哭聲也不覺得我已經死了
彷彿這就是生前每一天的延續
這麼說來生前也是
活著的真實感也很淡薄
也許從那時起就開始一點點死去了吧
響起了模糊的汽笛聲

鳥群在船的上方圍成一圈飛舞
它們都是些尚未成佛的靈魂
這我早就在傳說中讀過
假如變成了鳥
不就無法與早逝的好友交談了嗎
或許人語在這裡已經派不上用場

這些擔心都是多餘的
一隻鳥在上空呼喚
明明聽不見叫聲卻感同身受
那是與我同齡而五歲就夭折的鄰家女孩
「媽媽還沒有來嗎
這裡的花永遠不會謝喔」

我有好多事情想問她卻欲言又止
因為她永遠都是五歲的孩子
即便我想問這船要開往哪裡
即便我想問每天都做什麼
即便我想問到了晚上能否看到星星
她只會微微地傳達給我「不知道」的感覺

《特羅姆瑟拼貼畫》———— 2009 年

雖有些遲來卻無端生出傷悲
儘管不是痛徹心扉的那種
本該告別喜歡的人和物
生前那些令我痛苦難過的糾結
現在都漸漸得以放鬆
這到底是結束還是開始

一陣香氣飄來　這令人難忘的味道
直接沁入心裡
是昔日的小提琴家戀人
隨即在我眼前演奏起來　一絲不掛地
細弱的琴音和她的味道
融為一體沁入了肌膚

毫無來由地此時
我覺得自己不光有肉身還有靈魂
突然傳來螺旋槳反轉的聲音船停了
不知從哪兒湧進來一大群人
穿著沾滿泥土的野戰服
有的傢伙手裡還握著手榴彈

其中有個人突然笑著問
自己是不是死了
總覺著身體輕飄飄的
他這麼和同伴說笑著
我想起這笑聲好像在母親的子宮裡聽過
濃霧包圍著船又開始咯咚咯咚前行

奇怪的是這條船俯視可見
變成宛如電影畫面重疊出的臉
是自己那張鬍子邋遢面無血色的臉
本是鏡中司空見慣的臉卻覺得是別人的
連看著這張臉的自己究竟是不是我自己也不確定
想用笑來應付一下而臉卻繃得緊緊

自己應該曾經經歷過的
確實記得這種像是別人的事一樣的感覺
高中時我曾想尋死而站在學校頂樓
向前跨出一步就會讓自己消失
只是真的能消失嗎
覺得自己像漫畫裡的配角走下了樓梯

也曾邊喝酒邊談論過這件事
因為大家都還年輕死彷彿是個玩笑的話題
沒了肉身以後剩下的自己是什麼呢
三輪這麼問而奧村回答是意識
庄司說如果沒了大腦應該也沒意識吧
鄭卻說這種事死了就知道了

突然我覺得自己被什麼東西從甲板上吸了出去
胸口被壓迫似的痛苦不堪
強光炫目刺眼　這是在醫院的白色病床上
「孩子的爸　孩子的爸」又是老婆啊
我想說讓我靜一靜吧卻發不出聲音
而廉價香水的味道更讓我懷念

《特羅姆瑟拼貼畫》————— 2009 年

我覺察到自己在呼吸
剛才的痛苦已然消失
但我卻像被閻羅王訓斥著一樣
身體各處都發出慘叫
原來我又回到了肉身裡啊
不知道該高興還是該難過

遠處傳來微弱的聲響
聲音沿著山脊緩緩回旋
像某人寄來的信一樣傳到這裡
在劇痛中音樂像水一樣流進來
像兒時經常聽過的
又像是頭一次聽到的

啊啊我做了壞事
一股無來由的激動情緒如龍捲風般襲來
卻又想不出對誰做了什麼
只是想無端地道歉
我知道不道歉就死不成
我得想辦法看看如何是好

旋律像一條無形的絲線縫合著
這就是今生與來世吧
我已經無法知道這裡究竟是何處
不知不覺間疼痛已漸漸淡去只留下一絲寂寥
從這裡能去哪裡又不能去哪裡
只能隨音樂信步而去

《特羅姆瑟拼貼畫》———— 2009 年

1 編注 特羅姆瑟（Tromso）是挪威著名極光小鎮。

蒙古的角落

第一次踏入的土地
是像禿頭一樣的土地
猜不透腦袋中的內容
類似列寧格勒的建築林立
在那裡領到了獎狀和勳章
留著鬍鬚的老詩人說家裡有很多勳章
今天身上只佩戴了三枚
雖然這樣說但因翻譯不可靠故無法保證
老舊的豐田和日產在坑坑洞洞的道路上跑著
驚訝於也有嶄新的悍馬
看到了指向柏林的戰車紀念碑
去了像蘇格蘭山腳下
用白色毛氈建造的家

寬廣無邊的草原上竟然有柵欄
以為連這裡也遭受土地泡沫經濟
才知道是為了防止狼的入侵

在土產店買了春畫撲克牌
浮世繪和時代畫都很拙劣
我內心的色鬼很生氣
跑道只有一條但側面卻吹來了風
回程的飛機變成深夜起飛於是在北京住一晚
雖然浪費了一天但卻沒這種感覺
第一次踏入的土地
觸摸了蒙古的角落

牛

牛慢吞吞地走過來
拖著後腿　臉色難看
據說是從十牛圖走出來的
很高興沒有禪修就能遇到牛
打算騎牛回家時
牛獨自默默地走進了轉角的吉野家
真了不起哪　為了眾生犧牲自己
我無法犧牲自己　離頓悟還遠得很
這一年該怎麼活下去呢

《詩之書》———— 2009 年

花與畫家

花活著
在凋謝之前的時間
不是誇耀美麗
也不是哀嘆枯萎
平靜地
巡遊這個星球
委身於大氣

畫家
凝視著花
如血般透明的
花瓣
微笑的雌蕊・雄蕊
被藏起來

一心嚮往成蜜

可是畫家
不畫花
將自己靈魂的扭曲與
搖搖欲墜的
混沌
默默地化為顏色化為線條
與花交談

畫家不與花
競爭
只是像花一樣活著
像花一樣

凋謝
如此謙遜地
期望而已

《詩之書》———— 2009年

朝向森林

走進森林的最深處
腐爛的落葉與野獸的糞味瀰漫
白天落下來
陽光散亂在樹梢到不了地面
先是發現了人骨
然後是生鏽的無機物和腐朽的有機物
之後巨大的這些都微微斜立著
留戀地指向天空
是未能升空的太空船或是
返回地面的太空船？

我們失敗了
連成功的意義都不知道
我們輸了

《詩之書》———— 2009年

如同浮遊在大氣永恆的微生物
詩歌是短暫的補償
一瞬的勝利
不是記錄不是契約不是預言
是失去音樂的癱瘓之歌

夜櫻

櫻花失眠
根爬進歷史的黑暗
樹幹頑固地拒絕陽光
葉子嫉妒著花瓣在月影中蒼白
而花瓣為了凋謝綻開

定眼凝視著黑暗中盛開的樹
用手指觸摸那些花瓣
即使折摘那花枝
人也逃不出櫻花的幻影

從死亡的芬芳中潛藏的不死之夢
以悔恨和憧憬糾結的嘶啞聲
老去的櫻花樹歌唱著

但誰也聽不到它的歌聲
只有活在古老傳說中的人們
在昏昏欲睡時聽見那聲音

以它的名義哀悼死去的人們
讓稱頌它名字的無數歌曲溫柔
迷惑前往花徑的戀人們的心
在日本無限深沉的夜裡靈魂深處
櫻花失眠

黑暗是光之母

沒有黑暗就沒有光
黑暗是光之母

沒有光就沒眼睛
眼睛是光之子

眼見得到的東西躲藏著
眼看不見的東西

人自母親胎內的黑暗中誕生
回歸到故鄉的黑暗中

因為一剎那的光
才知道世界無限之美

在眼睛休息的夜晚夢見
潛藏在心中和身體裡的宇宙

我們是從何時開始的
又是誰開始了一切

眼睛想要逼近這個謎
尋找看清那些看不見之物的方法

暗物質
眼看不見耳聽不著
而且沉甸甸地傳過來

貌似莊重而肅穆
那裡現在還有
不斷誕生的東西
黑暗不是無
黑暗愛著我們
毋須懼怕
孕育光的黑暗的愛

《詩之書》——————— 2009年

乳房[1]

如果溫柔具有形狀
它一定是這樣的
自古至今從不改變形狀

*

性急的手　猶豫的手
世故的手　幼小的手
無論對於什麼手　乳房都是溫柔的

*

乳房等待著
嘴唇和舌頭的貼近

等待著給予的喜悅

*

即使被病魔侵蝕
乳房裡也暗藏著
昔日母親的力量

*

用眼睛觸摸　用手指觸摸
用嘴唇觸摸　用舌頭觸摸
嬰兒如此　大人也是

*

無論心中有什麼樣的悲傷
女人只在這裡
隱藏喜悅的回憶

*

女人都有名字
但乳房沒有名字
像大山深處的泉水

*

詢問形狀和大小是一種愚蠢
乳房無法比較
所有的乳房都是無法取代的

*

乳房是抵償
乳房是慰藉
在語言的望塵莫及之處

*

即使畫成畫
或拍成照片

乳房不會掩飾　不會欺瞞

*

男人們絕不會知道
這渾圓的這個重
這種安定

*

山頂上的小廟裡
生命含著的源泉湧出
那是古來的美麗傳說

《mamma》———— 2011年

1 編注 原詩摘自攝影詩集《mamma》，三行為一首短詩，標題皆為〈乳房〉。

院子

年幼的小女孩無從得知
院子的地底下
埋著一顆未爆彈
很久很久以前它自藍天落下
投下它的敵人早已不在人世
這顆埋在關東紅土層的炸彈
卻不會像樹的果實般發芽

*

院子裡飛來一隻小鳥
我不知道它的名字
也不想去查圖鑑
他（或者是她）正想著
在落葉上做瞬間的凝視

跟我想著的是不同的事
這差異令人遺憾

*

春天一來蒲公英就盛開
它的種子從何而來
黃色花朵很快就變成白白的棉絮
不知不覺間乘風而去
種子不知去往哪裡
從何而來又往何處去
我也一樣不知道

*

枯葉遍落的院子裡
光禿禿的樹下有一張椅子
徬彿有看不見的某個人坐在那裡
或許是少年時的我
被讀完的故事中的少女
彈奏的大鍵琴音色所吸引
他心不在焉地夢想著未來

*

孩子們在院子的角落裡挖洞
不是為了埋什麼
也不是為了藏什麼
他們揮汗如雨不停地挖著
欣賞了一會兒自己挖的洞

然後又把它填平
不對任何人說起

*

「藏好了嗎」的回音與
「還沒呢」的回音
在回憶中糾纏一起
院子雖然被人的歷史追逐
但也活在自己的歷史中
與蚯蚓一起
與雲霧和午後雷陣雨一起

海邊小鎮

去了海邊小鎮
油漆剝落的房子相連著
流浪狗搖著尾巴
見不到年輕人
也沒有老人的動靜
不知為何就是知道
這裡曾是花街柳巷
突然手錶的鬧鐘響了
是和誰為何事在哪裡約好了嗎
記憶被吸進陰沉的天空裡
門前垂掛著太陽旗的家
紙門裡面咳嗽不止
不知從哪兒飄來鯨油味
我的心雖不在這裡

因為朝向過去只有語言能返回
雜亂的情感沉澱之後
剩下的是悲傷上層澄清的水

去了海邊小鎮
是夢中去的
還是真的去了
已經無法判斷
但它是鮮活地留在心中的小鎮

輓歌

這是輓歌
落入草地夏日炙灼的陽光
用光芒責備用沉默祝福
缺席世界的你

我是記憶你的容器
有時空空有時溢滿
把那些日子送往哪兒好呢
是地下還是天上？

你在搖晃
像升騰的熱氣
也像極光一樣
把大氣當作住處

語言始終站在這裡
此刻音樂欲言又止
我內心所有的情感
一下子被喚醒

我與你苦樂與共
缺席的持續低音
潛藏在炫目的寂靜裡
唯獨它是輓歌

時間的名字

○

在被窩裡暖暖的
摟著詩歌的蛋
語言浮現又消失
我還在與夜晚結伴

陌生的眾面孔出現
想把在故事的白晝中互相仇視的人們
用詩歌的網子一網打盡

床能成為無人島就好了
那裡如果是故鄉就更好了
把戶口名簿撕破扔在海邊

回想著夢的細節
姑且將時間命名為早晨
起身下床
不再孵蛋

○○

什麼也不做
只是站在榻榻米上
任由心臟的跳動
思緒來來去去

經過的是時間
還是我自己呢
無聲無息地

為想不起來的事實感到委屈
那天也下雪了
之後你說了什麼呢
你對我說了什麼呢　在暖桌裡

時間不是〈何時〉
也不是〈總有一天〉
而是不知不覺間

○○

心情變得平靜
喜怒哀樂
做著驚險的平衡

心是伸長兩臂的平衡偶
暫時離開情感
在透明的心中
能看到世界的原狀
時間靜下來

時鐘也好日曆也罷
不被支配的時間
無名的時刻

現在過去了
緊跟著現在
現在已是嶄新的現在

夢與房屋

我躺在房屋裡
房屋建在地面上
地面屬於地球

我不做夢
我正在做這樣的夢
夢是宇宙的細節（也許）
天空穿著夜晚的長袍
世界絕不會全裸
在語言的人群前
躺上床前我苦笑
因為只能這樣

床是夢的運動場
死的時候人會從房屋中
走向夢
然後觀看現實

我累了
因為一直活著
不是任何人的錯

今夜我還會躺下吧
黑暗是我的故鄉
夢的水滴啪嗒啪嗒地落下

高麗菜的疲勞

高麗菜應該累了
但餐桌卻視而不見
疲勞的原因是在土裡
還是在空中呢

從以前就累了嗎
或是進入十九世紀以後呢
在乎的人很少
大眾無視田裡的高麗菜

今晚把生的高麗菜
沾著岩鹽來吃吧
打開別人送的葡萄酒
有一搭沒一搭看著電視連續劇

但總是很在意它的形狀
雖然它沒有任何抱怨
敞開的菜葉散亂著
高麗菜果然累了

撒嬌

語言是懶惰
性交是可憐
未來太巨大
自然是當然

詩歌是發音
否定是羞愧
貪婪是人禍
晴天是天意

酩酊是逃脫
貨幣不可燃
沉默是寬大
老婆是人嗎

《未來的孩子》———— 2013 年

閣下是愚民
自我是宿疾
大笑是泡沫
猝死是圓滿

森林的語言

蟲子們輕輕抖動的羽翼聲是森林的語言
鳥兒們的啾啼　野獸們的低鳴
樹木的搖曳聲是森林的語言
夜空星星閃爍的寂靜也是

人持著人的語言手杖進入森林
被俗名和學名妝點的菇類　蕨類　青苔
但熱鬧的交談聲總有一天會中斷
想聽森林語言的人閉口不語

眼睛睜得再大也有看不見的東西
耳朵接替它
耳朵再如何豎起也有聽不到的東西
接替它的是心的顫抖

《未來的孩子》————— 2013年

人向著無盡黑暗前進
希望看一眼自己心中的黑暗
在這黑暗誕生的一瞬閃光之後
……黑暗變得更加深沉

森林藏起白骨
森林孵著蛋
森林孕育生命
森林讓生命叢生

女人走出森林　以激昂的步伐
棲息在原野的男人畏懼著迎接
浮動在羊水沼澤的孩子們正在做夢

即將結束卻無法結束的故事開始

風吹進腐朽的樹洞
聲音像籠罩在霧裡的咒語流出
妖精們在側耳傾聽

響徹遠方大海深處的回聲

埋在沙裡的森林是這個星球記憶的一部分
以及沉入水底的森林變成化石的森林
有時從心的斷層現身
人無法穿越森林

《未來的孩子》——————— 2013 年

旅行的早晨

雨在石板路上躡手躡腳走著
教會的鐘開始在一天中規規矩矩地打標點
小鳥們的啼叫胡說著歷史
早晨在便宜旅館的木板床上醒來

是哪裡呢　這裡？
昨晚應該看到了盧比安納的路標
但即使去了哪裡或是又回到哪裡
所在的也只有此地

先把地名放在一邊
我用語言收集著世界的細節
源源不斷湧出的熱水淋浴
無論按哪個按鈕都會出現陌生面孔的電視遙控器

買下的伴手禮是稻草編織的小小心形
最終還是沒買那可愛小瓶子的利口酒
但是語言再怎麼創作都不會變成物件
細節也永遠不會成為整體

早市上擺滿了那麼多新鮮的蔬菜
自助餐上卻只有淡而無味的柳橙汁
還留在數位相機裡的三年前旅行的回憶
數據化的我也是細節的夥伴

那麼要提問　詩歌是隱藏在何處呢？
還是已經回去了呢
脫掉語言的外衣變成裸體
到我黎明的夢中

極為主觀的香港之晨

於沙田凱悅酒店

在變成碎木片的床單之海
也就是在清澈的歷史中
輕輕漂浮的我
沒有哪裡痛
也沒有發癢
仔細看會發現手上有十根手指
摸一摸也會發現腳上有十根腳趾
這真令人驚奇
其他的因為陰莖也還在
昨晚在〈國家地理頻道〉看到
雖然沒有戴上
豆莢一樣的套子
如果就這樣過了幾個世紀

毫無疑問那時我應該
去了某個其他地方
最終會不會變成
不管在哪裡都是無罪的

啊—啊
世界現在
正像借來的貓兒一樣溫順

水的比喻

你的心不沸騰
你的心不冰凍
你的心是遠離人居的寧靜池塘
不管什麼樣的風都不起漣漪
有時讓人懼怕

我想跳進你的池塘
也想潛入水底看看
是透明還是混濁
是深還是淺
因為不知道而猶豫了

我想大膽地丟一顆石頭　向你的池塘裡
如果水波打濕了腳

《心》———— 2013年

如果水花濺到了臉
我會變得更愛你

場面話

想打破場面話
但場面話很堅固
用身體撞它也毫不動搖
就算想窺視真心話
也沒有一扇窗

場面話呀
你讓真心話發狂
用高牆圍住
本想守護的真心話
萬一什麼時候發生了暴動怎麼辦

可是仔細一看
場面話上出現了裂縫

真心話正從那裡滲出來
宛如決堤前的大壩

散步

想放棄又放棄不了
像攪動泥水
一次次攪動自己的心
帶著渾濁的心走出了房間

雪殘留在山上
太陽在天空閃耀
鳥站在電線上
路上有人在遛狗

邊走邊望著一成不變的風景
泥漸漸地沉澱
心一點點地透明
世界變得清晰可見

這美麗令人訝異

空虛與空洞

心空虛時
心中是空屋
灰塵處處蜘蛛網遍布
被扔掉的菜刀鏽跡斑斑

心空洞時
心中是草原
在通透的藍天下
遠遠地眺望到地平線

空虛與空洞
看似相仿其實不同
心這個容器伸縮自如
時而空虛時而空洞

時而虛無時而無限

畫

女孩用蠟筆讓心中的地平線
移動到圖畫紙上
眼前是喜歡的男孩與自己的背影
向著地平線手牽手

幾十年過後她忽然想起
過去畫的這幅畫
以及那時自己的心情
連同那個男孩的汗臭味

不知為何流淚
從背對著丈夫躺著的她的眼裡

山丘的音樂

你凝視著我
其實你沒有看我
你看的是山丘
爬上去能看到死後的世界
平緩山丘的幻影
在那裡我不過是點綴

音樂停了
你回到我身邊
像沒有結局的故事裡
陌生的登場人物

我的心變成迷路的孩子
不厭其煩地尋找你的愛

語言

失去一切
包括語言
但語言沒有損壞
沒有流失
在每個人的心底

語言發芽
來自瓦礫下的大地
一如既往的鄉音
奮筆疾書的文字
常常中斷的意義

老生常談的語言
因苦難甦醒

《心》———— 2013年

因悲傷深邃
邁向新的意義
以沉默為後盾

搖晃

搖搖晃晃
在晃動
不知不覺之間
開始晃動
晃動著
樹木
心
我
連世界
也在緩緩地搖晃
因為被晃動
而不安
但要像嬰兒一樣
任由身體

搖晃

為了靈魂

鐵會被組合在一起吧
為了靈魂
樹被砍倒然後
會再重新佇立吧
為了靈魂
混凝土攪拌
會被賦予形狀吧
鏡子映照藍天
玻璃會是透明吧
為了靈魂

無數的鞋子會被磨破吧
迷路的孩子會放聲大哭吧
塵埃會進入眼睛裡吧

錢會從一隻手遞給另一隻手吧
人們繼續走動
人們互相爭執
人們疲憊不堪
還會做夢吧
只是
為了唯一的靈魂

——然後
鐵會生鏽吧
樹木腐爛 混凝土坍塌
玻璃模糊 鏡子破裂
電線會被剪斷吧
各式各樣的菇類回歸大地

夢幻漸隱
赤裸的
靈魂的
只有現實會留下吧
為了未來

《對不起》———— 2014年

視野

I

以前的以前是土塊
矽膠也一樣
是大地母親生出的東西
如果沒有以前的以前
人類創造不出任何東西

以前的以前是一雙手
機器人也一樣
是我們身上生出的東西
如果沒有以前的以前
人類會迷失自己

II

揚起蒲公英的棉絮
誰也阻擋不住
春天微風的力量

形塑嬰孩的靈魂
誰也無法抹去
母親微笑的力量

我們創造出來的
無論多麼巨大的能量
也不如宇宙的一聲嘆息

Ⅲ

把胡蘿蔔掛在鼻尖
如發狂般奔跑的馬兒
忘記在原野默默吃草的夥伴
不停奔跑的馬兒也無暇悼念
在沙漠變成一動也不動的同類白骨

局限於流動的眼看不見的座標系網眼
變成一個明亮的綠色光點移動著
驅動他的是被輸入無數的慾望的
無法命名的巨大程式
電源在星星之間的真空中被連接在一起

IV

我雖然沒有母親但不會寂寞
聽了悲傷的錄音能變得悲傷
看了快樂的影片能變得快樂

我雖然沒有父親但不覺困擾
思考是電腦的工作
大家都覺得可以的話我也沒問題

如果是朋友我有很多
大家都跟我長得很像
一點兒都不會嫉妒

V

在一切都不確定的這個世界上
只有一點是確定的
那就是不知何時我會死去
名為未來的幻想也會消失

在那黑暗的一瞬
無法替代的此刻的光輝
照亮人類充滿愚蠢和迷茫的
一切業報的細微之處

我為此感到安慰
我想死去

《對不起》—————— 2014 年

黃金的虛僞

自豪的頭顱對金牌的
傾倒真令人費解
在完美勝利之時
沒有任何應補償的東西

為人類最卑微的慾望服務
那閃閃發光的金屬
抵不上你的一滴汗水
如果它是把你維繫在人間的
吝嗇的鎖鏈
請把它扔掉

失敗者無論有多美
都比不上勝利者的美麗

在那不容更改的秩序中
你已經被證明

如此忌諱爭奪的我們
為何會在戰鬥中忘記自我
如此渴求平等的我們
又為何會祝福勝利者
為了回答這個問題
你不能被任何東西裝飾

解放

解放狹隘的心
讓狹隘的心去宇宙的院落
去晾曬衣服
飄揚在地球午後的片刻

兔子蹦蹦跳跳跑過來
跳過了數個世紀
冠以學與名的一切
都為了輝煌的今天存在

盯著麥田的一片綠的你
誰會責備你懶惰呢
因一位少女的羞澀
你有了歌唱的權利

解放小小的意義
讓小小的意義去生命的森林
去滅亡的國家振興的國家
測量歷史的片刻

膝蓋

是有點自大的兩位騎士
膝蓋
你膽怯的時候
讓你向前邁出一步
是有點溫柔的兩個男生朋友
膝蓋
你孤單的時候
可以在你的懷裡哭泣

*

消毒液還沒塗上
OK繃也還沒貼
已經不會再磨破了吧

可是只有那裡
有調皮鬼
明明其他地方都是女生

*

那裡是微妙的國境地帶
美麗與慾望之間的愉快糾紛
不厭其煩地反覆

所以真正最珍貴的愛的一瞬
你會毫不猶豫地
跪下吧
哪怕是在多麼堅硬的石頭上

蟲子

蟲子明天會死去吧
因此蟲子在鳴叫
因此蟲子在歌唱
我明天不會死去吧
因此我能哭
因此我能唱
但是與今日活著的相同
蟲子與我也相同
蟲子振翅的時候
我在閱讀歷史書

隔壁的無花果靜靜裂開
回聲啊回聲啊你回來吧
趁著今天還沒有變成明天

《對不起》——————— 2014 年

六月

靈魂的皮剝開了
嫩葉白色的綠很痛
少女們的歌聲很痛

不知道該選擇哪個
世界的菜單
我明明如此的飢餓

風很生氣
風的憤怒是
無法取代

然後我不論想什麼
它總是

隱約與罪惡相通

靈魂

靈魂不可怕
在比可怕的心更深的地方
存在著靈魂

靈魂很安靜
在比喧鬧的身體更深的地方
存在著靈魂

如果人透過眼睛
用靈魂凝視
各種東西
會看到與平常不一樣
如果人透過耳朵

《眾神晚安》———— 2014 年

用靈魂傾聽
從雜音中
會聽到清澈的聲音

眾神晚安

神雖然無所不在
卻因為潛伏在葉片天空土塊和嬰兒之中
我故意不叫神的名字
因為有了名字神也會變得和人一樣
馬上開始互相爭執

語言與語言的縫隙是神的藏身處
他們對人類擅自祈禱的喧嚷漠不關心
無名之神打著瞌睡
他們或她們已經沒有什麼必須創造的東西
因為人會一個接一個地不斷製造出來

眾神晚安
無論你們只有一個還是有八百萬個

遠古的宇宙大爆炸已與你們無關
後來由大自然接手又託付給後來
儘管人類想對你們有樣學樣

即使永遠能玩轉世界
也不會發現神祕的回答
打算創造卻總是破壞
空間無邊無際
時間的起點和終點是永恆的彼岸——
我想為眾神唱首搖籃曲

罪過

我想大家都在尋找
不知道在尋找什麼
也不明白為什麼在尋找
竊盜
強姦
妒忌
欺騙
戰爭
殺戮
摸索尋找的方法
活著
死去
地球這個星球

被悲哀著色
即使神也無可奈何

假寐

身體疲倦連心也
變得疲累
靈魂迷失

孩子們在圍牆外邊走邊笑
陽光緩緩轉動影子
對著死去的人發出無聲的問候

靈魂也有睡眠嗎

枯葉之上

陽光照在鋪滿地面的枯葉上
雖然依舊看不見也聽不到
但也許因為接近於未知
靈魂變得很謙虛
心這麼想

一隻貓無聲地踩著枯葉跑來
如果有安穩的一天其他什麼都不要
感覺到靈魂彷彿在低聲私語
心貼近晨光

那一刻

經年累月
終於醒悟到那一天的那一刻
還沒有結束

對天空的顏色和交談的語言
雖已想不起任何細節
但那一刻卻實際存在
連接著我和世界

也不覺得它與死亡一起結束
那一刻雖說只屬於我一個人
當然也屬於世界

那一刻停留在永遠的一隅

無論它是多麼短暫的時間
那一刻都不會消失

不耐煩

靈魂帶著肉體
進入林中
耳朵聽著風聲
鼻子嗅著大氣的氣息
睜開緊閉的眼睛
大海在遠方的逆光中熠熠生輝
昨天連同肉體跟那個人見了面
耳朵鼻子眼睛心情
滿腦子都是那個人
但靈魂
那個人的靈魂在哪裡？
靈魂有些不耐煩了

《眾神晚安》———— 2014年

身體無法尋找
心也沒能發現
那個人的靈魂
無論用多少語言思考
看不見聽不到
但是卻　存在
靈魂不可思議

睏

為什麼這麼睏呢
山躺臥著
天空也閉著眼
樹木好像站著打瞌睡
人從白天爭先恐後地睡去
做著大大小小的夢
我想成為出家人
這也不過是夢嗎
強忍著睡意
丟棄了撿拾的貝殼
但不能丟掉大海

《众神晚安》——————— 2014年

地圖

我的
紙片
在水上
漂浮著
寫下了
什麼
已經
不記得

如果
你把紙片
撈起來
暈開的
文字

也許能看得見吧
或者是
地圖
似乎
寫下的是
前往某個地方
沙漠的
正中央的
綠洲的

駱駝
默默地
站著

晚霞

這是我的
晚霞
不是你的
這是在今天的
尾聲
用看不見的文字
我
在天空
簽名的
晚霞
不論誰也
不給
我
在夜晚進行

《我和你》——————— 2015 年

你
只要看著
就好
什麼都別說
不論對我
不論對誰

同時傾聽
寂靜
是如何
淨化
這一天的
噪音

早晨

早晨
醒來後
我
死了
你卻在
郊外的
動物園
看著
老虎

死後的
藍天
比生前的
藍天

更加的
深邃

你
接下來
要去購物吧
而我
要去尋找
上帝
為了不要變成
迷路的孩子

小河

夢
到
死去的
你
哀嘆著
說
語言
無法剝開
百合花也
綻放著
因為
四周如此寂靜

我
說不定
也死了

在春天的
某日
遠方
小河的
潺潺聲
讓我醒來

誰

當我想
我是誰都行的時候
總覺得
自己是一朵
野花
擺放在
古董桌子上
你是誰
都不行
即使
你
就是你本身
用你這個詞語

《我和你》———— 2015年

可以
用來稱呼任何人
一邊彈著魯特琴
你
凝視著我
很久以前

那一晚

你從寺院的
台階上
走下來
鬆開歪掉的領帶
你
站在那裡
我是
知道的
你在窗外
聽著
我彈奏
零零落落的
巴赫

《我和你》——————— 2015 年

這些
都是我
還活著時的
事

那晚是
滿月

縫隙

契訶夫的短篇集
置於陽台的白木桌上
總覺得那裡有隱約的飄浮物
彷彿詩歌的霧靄
真是奇妙的事
契訶夫明明是寫散文的啊
孩子們跑進山麓的樹林
我們就這樣活著
一邊想著擔心的事
一邊在瞬間變得幸福
大故事中的小故事
變成俄羅斯娃娃的世界

《作詩》———— 2015年

詩歌潛入這個縫隙
混進日常瑣事中

朝陽

小狗
跟在大人的身後
小碎步走著
無論是狗還是人
都不要代入名字
旁觀這一情景
思考
詩是否會成立
詩總是以無言的形式存在
賦予它語言的是人類
小狗

跟在大人的身後
小碎步走著
朝陽眩目

跛行

白楊樹在窗外隨風搖動
眼睛看著世界美麗的表面
詩在白紙上跛行
耳朵聆聽世界無底的縱深
桌子上的一疊白紙
冒著熱氣的午後紅茶
支撐著這個不完整的世界
完整且無情的宇宙
不可能成為語言的東西
有一天會變成語言……吧？

《作詩》———— 2015 年

我，谷川

十幾歲的我什麼都沒想就寫了詩
因為喜歡雲所以寫了喜歡雲
被音樂打動時我就把它翻譯成語言
我不在乎是否為詩
有些語言的關聯是不是詩
這種事人隨便決定就好了
一直寫了六十多年詩的我現在也這麼想

這一段不過只是我的抒發或者
是喬裝成散文想要接近詩歌語言的策略呢
想要排除虛構盡可能正確地敘述自己
發覺這個文體是錯誤的
不能想接近詩歌　是必須跳入詩裡！
如此一來我，谷川離詩歌越來越遠了

於台北詩歌節　二〇一四年十月二十七日

等待

詩歌混跡在語言裡
擠進語言的人群尋找詩歌
明示的閃爍刺痛眼睛
含義悶熱發臭
耳朵為母語的聲調困惑
詩歌將去往何方呢
累得想回到沉默
沉默被喧囂的無意識污染

悟出了只能等待
挺直地坐在硬邦邦的椅子上
山鳩鳴叫著太陽下的影子逐漸延伸
詩啊你是跟語言長得不像的孩子嗎
還是語言沉默寡言的師父呢

《作詩》———— 2015年

詩人一個人[1]

詩人一個人從高處投身大地
在這個世界中途離席
聽到這個訃告的另一位詩人
只能仰仗語言

在鳥叫個不停的陰天午後
語言停滯
所有的語言雖然都並非與他的死無關
所有的語言也都與他的死毫不相關

於是詩
被語言的胎盤包覆
默默地漂浮在
分隔生與死之河的子宮

《作詩》———— 2015年

1 譯注 此詩為悼念中國詩人陳超之作。

苦笑

詩歌是大屠殺的倖存者
在核子戰爭中也會存活下來吧
可是人類呢

在嶄新的廢墟上
活過來的貓喵喵叫
詩歌苦笑

活字和字體都溶化了
人聲斷絕
世界是誰的回憶？

替去死的朋友代言

你應該看到了
從我的右眼角
流出的一行淚水

不是悲傷
不是悔恨也不是留戀
更非憐憫自己
也非自我滿足

我只是深深地感動
自己的一生在此時
化作了詩

不在

我已經不在了吧
在那個海角
以及這個房間
但還留著吧
穿舊的內衣
書架上的古愛經[1]

我已經不在了
在這首詩中
甚至任何地圖上
忘記夜晚的不安
遠離哀愁
坐在空空的椅子上

《作詩》———— 2015 年

1 編注 Kama Sutra，古印度一本關於性愛的經典。

拋棄我的語言

我正睡覺時
語言蹲著
在我身體的某處
然後與其他人的語言
開始交尾
在我看不見的夢中

語言宛若陰莖
又硬又尖
語言像嘴角流出的口水
語言留下已睡著的我離去
為想成為詩掙扎著
擠在無知的人潮中

《作詩》———— 2015年

脫掉

脫掉衣服
你變成裸體
脫掉裸體
你變成自己
野貓凝視著你

脫掉你
你就不見了
但只是在語言上
七葉樹的葉子隨風飄落
即使脫掉語言你也存在
這樣稱呼你的是詩
蛤蜊在岸邊呼吸著

收集被脫掉的語言
詩意外的變成你
你脫掉毛衣

難題

搖籃晃動就好
樹木在風中搖曳也是
船在波浪中搖蕩也是
風鈴搖晃也是

可是地面的搖動
要如何接受呢
詩歌發問

是個困難問題
邊著鍬钁想了又想
卻沒有答案

《作詩》————— 2015 年

日本與我

據說我出生在東京信濃町的慶應醫院
那裡好像是日本這個國家的一隅
嬰兒時期說出的不是日語而是咿呀之語
但隨著長大我漸漸好像會說日語了
之後似乎還學會了讀和寫日語
值得慶幸的是還靠它養家糊口

被問過是否喜歡日本卻不知該如何回答
很喜歡居住了八十年以上的阿佐谷一帶
年事越高越喜歡作為母語的日語
我喜歡的女性都以日語為母語
喜愛的風景很多但並非只侷限於日本
無法喜歡國會議事堂附近那樣的日本

毫無疑問我是日本人中的一員
但作為生物在成為日本人之前我被分類在哺乳類
這　之所以能這樣滿不在乎地說
也許是因為我擺脫了成為士兵和恐怖分子的命運
曾想過今後的日本會變成什麼樣呢
但一想到該怎麼做時深感自己的無力

普通人

壽子
闊步走在大街上
隨意停下腳步
反覆看陳列的商品
對不買的自己感到滿意

篤
拿著葡萄酒清單
在桌子下翹腳
覺得自己很平凡
得到羊齒的化石

有希彥
撿到一隻幼犬

扔掉文學全集
看老樹入迷
傾聽雜音

杳里

做著種種比較
在平交道上仰望天空
喝著溫溫的氣泡水
踩螞蟻

普通人為了不讓自己
覺得不如那些不普通的人
操心著
他們也多少察覺到

那是偽善

浩二

在臥室裡養水母

中元節送出現金禮券

數藥片

換購枕頭

君代

隨意去短期旅行

為遠景感動

吃樸素的午飯

光腳走進小河

晉一郎
去國立美術館
與公主擦肩而過
電車駛過鐵橋
烏鴉停在枯樹上

春美
討厭競爭
單手拿著貝果
在屋頂上看夕陽
遠方有彩虹

謙造
在場外買了馬券

與年輕的市議會議員
互開玩笑
看重播的電視劇

無名氏
不厭其煩地投稿
給女兒買詩集
點眼藥水
逃避健康檢查

美奈子
懷疑著美
燙青菜
尋找夜空中的畢宿五[1]

在意自己的頸椎

周

不害臊地懷舊
練習彈曼陀鈴
在紙上簽名
悄悄祈禱

亞歷須
製作竹蜻蜓
在陽台上喝印度奶茶
給弟弟發信
偶爾哭泣

文雄
沒有看見終點

駿
也看不見終點
核電廠的廢爐沒進展

孝太郎
犯下無罪的罪
阿治同前述
護照昨天過期了
蜜蜂聚集在金合歡的花朵上

陳
覺得自己不會死

《普通人》————— 2019 年

寫川柳
洗三角褲
嘆氣

代代祖先的墓
和無緣墓
與動物園相鄰
今天人類也在說話
大象則沉默

喬喬
認為現在才要開始
為了尋找在小屋裡
掛櫃子的木片

一邊留意腳傷一邊走著

我

腳麻了

翻開同義詞詞典

吃西式醃菜

寫這首詩

《普通人》——————2019年

1 編注 畢宿五（Aldebaran），即金牛座α，位在黃道星座的金牛座中，是距離太陽大約六十五光年的紅巨星。它是金牛座中最亮的恆星。

姓名

想要個姓名
（好像）從沙漠來的男人
對著六號窗口的女人
（好像）如此說道
不管如何這都跟我沒關係
來這兒的既有拄著拐杖的老人
也有一群仔細化了妝的年輕女孩

手續這種東西開始增強說服力
寫壞的表格雖然成了紙屑
但得知不被燒掉而是再利用我就放心了
而紙幣說不定快要被電子貨幣取代了吧

昨天在老客戶那兒端出虎屋的羊羹嚇了一跳

《普通人》————— 2019年

拐杖的故事

老師說講個拐杖的故事吧
為此得先跳躍時間
從六月的綠到十一月的雪

老師高壽九十七歲又三個月
天天都在推敲辭世
從來世傳來鈴聲

故事沒頭沒尾地開始
毫無關係的人物登場
緊咬著祕密

無論怎樣窮盡語言
老師說也無法把世界活生生地剖開

同時討論鯨魚和螞蟻的大小

茶碗本來是 empty 的嗎
還是本來是 full 的呢
韓國的民間畫裡是否有答案

老師去某處散步了
說是要從哪兒緩緩走到這兒
走向二十五號的三樓

無論怎麼重複
每一次都有新的東西
早晨最能體現這點　一般來說

牽連到世間萬物
拐杖的故事還在持續
直到銀河的河底

莧隨微風搖曳
誰與誰在競爭
運動是流行的話題

無數低語傳入耳朵
意義逐漸僵硬
誰來感嘆飯碗的無言

跌倒的老師回來了
他揉著膝蓋說道

《普通人》———— 2019年

無意義中有意義
一邊噗嗤噗嗤笑著
孩子們吃著庫斯庫斯
小小離島上的牧歌式光景

畫家說必須要有積雨雲
突然刮起了狂風
戰爭遺跡上是生鏽的鐵屑

數學公式填滿黑板
一切存在都很頑固
結巴暗示新的學習

把花名當作咒語的青年
蒙冤入獄三年
矮牆邊魚腥草開著花

拐杖還在傘架裡打瞌睡
白天的上弦月
攤開世界地圖的十五歲

久違的牛叫聲
四片葉子的三葉草
某戶人家突然發生離別

拐杖厭倦等待而邁開腳步
瘋女人彈玻璃珠

三花貓追蟑螂

在潺潺流淌的小河
原子小金剛游泳著
蚊子成群的夏日黃昏

從午睡中忽然跳起來
老師陷入冥想
斗室的鄉愁

拐杖在森林迷了路
雖然沒遭遇奇怪的存在
不知為何卻有大蒜味

那邊武器散亂一地
敵人早就化作了妖精
下級士官獨自喝著啤酒

插敘總有結束的時候
拐杖混進樹林
傍晚最亮的星星閃耀在天文館裡

《普通人》——————— 2019年

結論

看著今早的朝陽想起昨天的朝陽
是對記憶的浪費
有人冷不防這麼說
對話中斷了
活著的大部分
都是以重複而成立

對面房子二樓的窗
燈還亮著
想像力是猥褻
這麼說的神崎愣住了
時間真的是單向通行嗎
時鐘的 01:08 忽然變成 01:09

我是ㄨㄛˇ是俺是咱是吾輩都無妨
蒙古的草原如此的夜
傳來遠方的狼嚎聲
結論永遠都是假定

人生

穗積已經死多少年了啊
報紙雜誌電視廣播都是老樣子
蜘蛛還在屋簷下織網
大正天皇好像是滑稽的男人
能聽見濤聲的旅館
架子上放著厚厚一本落滿灰塵的電話簿

詩歌這種東西
只是列舉人名也能成立
更深究的話不就得看讀者感性的質量了嗎
那傢伙語氣嘲諷地說

多雲轉晴
我不想用人生這種說法

《普通人》———— 2019年

來概括人生

這種說法屬於誰都無所謂

溫室

出生・性交・死亡
只是這樣只是這樣一行
湯姆不是用打字而是用筆草草寫下
回到仙人掌的溫室

附近有放養的小象
祖母有時拿著香蕉去看牠
最年長的孫子蔑視空想
每天只寫羅列事實的日記

詩人的日常瑣事和孫子的那個
哪裡有什麼不同呢

現在啼叫的鳥兒就在附近

前天晚上遠方嚎叫的狼（大概）
活在黑膠唱片的世界裡
負責錄音的動物學研究生因事故身亡
生物都各自活到死為止

早晨

醒了
哪裡都不痛
也不覺得癢
身體很安靜
但是心
跳動

眼睛看見
雪在飄著
耳朵聽到
微弱之聲
人質
還活著
此刻

在某處

無論是誰
都知道
生物總有一天
死亡
生命
明明總是惶恐不安
卻忘憂於
天空的雲朵
沙沙作響的草木
歌聲
歡愉

這樣的
自己
這樣的
生物
死之前的
時刻……
向著死後
之時
心
跳動
在身體中
被束縛著

身體
歡愉地
哪裡
都不痛的
早晨

身體
待在這裡
心
跳動
無論到哪裡
永遠地

在

今天
我在
昨天我曾在
雖然外形不同
八十七年前也好像也在
才對
既非狗
也非貓
我
無論過去還是現在
都在
因為在
才是

《米壽》———— 2020年

你啊
女人說
因為在
煩人
男人說
那又怎麼樣
我想
天空湛藍
現在和過去都是藍的
從不千篇一律

昨天
錢包
不見了

有幾個人
死了
都是陌生人
人世間很廣闊
世界
因為更寬廣
煩惱
海和山
都佯裝不知

這樣可以嗎
我想
只能看見
碎片

《米壽》—————— 2020年

寂靜
聽不見
然而
存在
我在
無所謂
此刻也

這個樓梯

走上去過
卻沒走下來過這個樓梯
在盡頭的房間裡
我還在嗎

一步一步往上爬
一個人
聽著自己的跫音
感受自己的呼吸

不知為何我停在樓梯平台
爬錯了嗎
該下來嗎
卻沒有答案

又開始往上爬
就像去理科教室的小學生
聽著來自松林對面的
濤聲

如果能爬到屋頂
想眺望遠處的群山
想俯瞰正下方的房屋
和玩耍的孩子

但我沒爬到那裡
沒有扶手
卻留有被人手上的油脂摸過後

光滑的觸感

有多少人爬到這裡
以什麼理由
悶聲不響

遠離詩

我想談談這個樓梯
我想聽聽這個樓梯的故事
我想讓你們聽聽這個樓梯的故事
因為這裡有這個樓梯

在樓梯盡頭的房間
有這樣思考的我

《米壽》———— 2020年

巷子

隔著巷子
建築物與建築物
靠在一起
像一對
寂寞的老人

歷史
停下腳步
別說唱歌了
連枕邊細語
連怨言都聽不到
石頭已經
勒緊了
死亡

向著無的
腳步聲

國家
對巷子避之不及
在廣場上
舉起旗幟
等待著風

巷子
總是在何處
相通
幻想著
幼兒的笑聲

每天的噪音

委身於沉默的快樂
能嘲笑饒舌的痛苦嗎
盤坐的年輕僧侶腦中
日本憲法像邪念般掠過

透過無夢沉睡的黑暗
彷彿能看清針葉林似的醒來
不知不覺間心把身體丟著不管
還是身體拋棄了心？

每個人都活在不憑藉語言的故事裡
它們不經言及便被埋葬
沒有誦經沒有彌撒也沒有一滴眼淚

然後耳機裡傳來薩堤[1]的音樂
這首十四行詩與薩堤一起
混進每天的噪音中

1 編注 艾瑞克・薩堤（Erik Satie），法國作曲家、鋼琴家。

詩人之死

你已經不在
不是走開
也不是被帶走
只是放棄了做人

八月的烈日下
舉著標語牌
不是國民不是人民也不是市民的詩人
只是自己的你

可以閱讀你
也可以否定你
但已無法傷害你

不讓它淪為回憶我將繼續活下去
和唯一的你一起
抗拒眾多的低語與合唱與怒吼

明天

隨著年齡的增長
開始仔細地看院子
萌發的嫩葉很珍貴
野鳥情侶令人欣慰

從亡父那一代開始居住的房子
原本是樹木的柱子
生鏽的釘子原本是礦石
一切人造物皆屬於自然

什麼也不做什麼也不想
學會了這樣的本領
明天愈來愈近

為了不摔倒我站起身
開始步入能樂的時間
拄著夢一般柔韌的拐杖

河的音樂

我站在橋上
回頭看一條河不知從哪裡流來
向前看河流向我不知道的村落
河隱藏著行板音樂

幾十年前戴著草帽
從橋上眺望腳下的河水流過
那時候知道河水從源頭流向大海
但現在這些知識已經無所謂了

聽著河流隱匿下無法聽見的音樂
我想從出生前到死後的我
會一邊忘卻自己一邊凝視現在的我

在夕光中閃閃發亮
河會永無休止無邊無際地流淌
像一葉孤舟般載著我的思緒

人們

人們像黴菌一樣在地面上蔓延
人們一齊喃喃自語　或者
各自載歌載舞
即使死亡總有一天會來訪

人們在花圃裡　或者
仍在爆炸中心區域
當然他們隱藏著憤怒
它已經快要腐爛成悲傷

人會反對人們
人們像海葵一樣捕捉人
人變成盤踞在人們體內的癌細胞

花讓人們歡喜但花對人沒興趣
雲朵輕飄飄地躺在藍天
放射能今天也在等待出場

夜晚的巴赫

在意思是枯萎的大道上
一群幼兒搖搖晃晃地走過
被扯開的安全網絆住
一個老人像麻雀似的掙扎著

大量的法案葬送在議會中
廚房裡一如既往的煮著豆子
化作垃圾的歷史被深埋地下
網絡使無數的語言流產

推遲著結尾而故事開始
已經說過的已經寫過的
被鑲嵌了令人期待的沉默

未來的真相會模仿現在的事實嗎
沒有人會聽到夜晚的巴赫
它貼近人們的耳朵用大鍵琴喃喃自語

水龍頭

水從水龍頭滴下
那聲音很幸福
陽光一如往常
仍灑落在女人身上
戰火似乎反覆無常
時遠時近
什麼都不要在意
村裡的長老說
路邊醜陋的花朵簇擁
在一個隔海相望的國家
男人寫膩了故事
轉向詩

……我只是想小聲說話而已啊……

詩總有一天會變成鉛字
去大城市旅行吧
然後溫柔地動搖
一個孩子的心

核反應爐今天仍無表情
蟬在周圍的防風林蛻皮
讀完扔掉的報紙隨風起舞
陌生男人向著女人致意
進入人類耳目的事物

多如星星
與耳目無緣的事物
只有一個

……這個我真的是我嗎……

無視多數
只想凝視一個
但焦點對不準
意義不喜歡那片模糊吧

一個陌生人給了我一束花
卡片上只有花名
我對陌生人感到不安

卻對花感到安心

夢見貓在走廊走動
好像我死後的心情
雖沒有條理但並沒有不安
一覺醒來外面下起小雨

……雖然我不在那裡卻在這裡……

機器如常運轉
在皮膚下
或者在大氣層外
以不同的耐用年限

無事可做的自由
體驗自由的倦怠
那樣的日子即使沒有花朵
草木也嫵媚

有很大的聲音
聽不見卻聽得懂的聲音
只能用沉默來回答的大聲量
男人咳嗽起來

……那個女人是誰這個男人是誰……

海豹在思考
少年這麼想

蔚藍的天空下
地球和平

從水龍頭滴落的水
被污染了吧
向著神話之泉
少女開始奔跑

即使對右手的小拇指而言
充滿謎團
對這個世界感到困惑
星雲太多了

……誰都不是大家我．未來的骷髏……

三年前已經是開始
昨天也是開始
現在也是開始
結束是在人之外

想取個名字
給莫名其妙的種種
輪廓雖然模糊
內在應該每天都被更新

自己給自己標價
再扔進草叢裡的快感
條碼一臉若無其事
孕育著驚人的經濟

……想說你看吧的我……

事實永遠可以回歸
但不能確定是否是現實
令人懷念的歌曲的記憶
蒙上了一層薄薄的灰塵

在箱子裡的　不　在紙袋裡的　不　是在這裡
雖然有什麼東西不見了
我卻想不起來那是什麼
也許是對自己的辱罵

鄰居家的黑貓優雅地穿過院子

滿天星綻放的早晨
徒勞無功的可悲問號
飛過來吧驚嘆號！

……語言的水龍頭就那麼開著……

任何語言
第一人稱都忽隱忽現
徒步翻越縣境的群山就是大海
在那裡被畫出看不見的國境
數位的恩惠今天也覆蓋地球
米壽的男人沐浴著
真心話在夢幻的原始森林迴盪

《米壽》———— 2020年

每個人都帶有跟神類似的基因
我覺得也許是想逃離吧
從一個不允許無名的語言世界
從明明只有那裡
卻不能只是在那裡的一切

我這個類比計的指針在擺動
如果把語言的自己揉成一團
與看不見的能量融為一體
我仰望天空變成一個大字

……值得神之名的只有自然……

影像總會從村莊的戰火
變成脫離大氣層的宇宙飛船
被母親抱著的幼兒
正盯著看這無聲的畫面
水從水龍頭滴落

《米壽》———— 2020年

窗邊的空瓶

窗邊擺著空瓶
它們都是透明的
也有淺色的
形狀不一

瓶子充滿液體的時代
黎明時戰爭發動
歷史比現在更沉默

窗戶對面可以看見老舊的住宅區
與住在那裡的人
曾經幾乎每天都碰面
但不是愛

《米壽》———— 2020 年

那個人的老父親是位詩人
寫著古詩
在他手作的薄薄小冊子上
「不相信所謂的意識形態」
我曾讀過這樣一行

河邊托兒所的孩子們
被戴上難看的帽子
一張張小嘴像小鳥一樣啾鳴

空瓶並不會因空而感到羞恥
也並非等待被裝滿
只是立在那裡

裸體的詩

脫掉文字赤身裸體
詩進入心靈的房間
外面正刮著風
房間裡的空氣卻很平靜

詩用平靜的聲音喃喃自語
意思無聲地
像雪一樣飄落
在地板上立刻消失

詩的裸體很美
但當你凝視時就會變得模糊
隱身於風中簌簌作響的樹林

包裹住脫掉的文字
詩突然離開房間
只留下聲音的回響

告別語言

廣闊的藍天中
出現一片白雲
風吹過不久
嬰兒看著它很快消失

老人的我也看著那裡
跟嬰兒不同的是我用語言來觀察它
那個情景從我的內部跳向外部
在我的心中時間已經靜止了

所寫的情景就像一幅水彩畫
在意識的畫框裡
我抱著嬰兒散步回來

《米壽》———————— 2020 年

日常生活理所當然地恢復
不久夕陽在住宅群的另一邊落下
詩與語言分離後消失在黑暗中

詩的貢品

想把不是文字也非聲音的詩
像信鴿一樣放飛空中
詩會往哪裡飛去呢

像藍天生出雲朵
自然十分自然地
夢想著要生出詩

巴赫的音樂獻給了上帝
現在把詩獻給什麼好呢
要獻上的人倒也不是沒有

唐突地向著陰天
在想要表達感謝的早晨

忘記了詩

只是一直盯著
葉子上的小蟲子
為什麼就能心平氣和呢

把詩獻給虛空
相信藏在無形的東西裡
來自原始的力量

小花

你　在路邊的草叢裡
孤零零綻放的小花啊
用我們人類的語言寫的詩
你沒興趣吧
我就是我雖不知道你的出身和名字
但我想寫一首詩給你
可是我不想用人類語言過多的詞彙
裝點你
形容你用美麗一個詞就夠了
不其實根本不夠
默默凝視著你是最好的
這關係到我作為詩人的品味

《語言從何而來》———— 2021年

我和你分享地球
你我生命的源泉是同一個
但是我們的形狀和顏色卻截然不同

用手指輕輕觸摸你的花瓣
我與綻放的你告別而去
藍天正要生出一片雲

物品們

明明很喜歡　天藍色的玻璃酒杯
卻一次都沒用它來喝酒
陀螺　帶著實測過的鈦金屬製精度表
享受這清澈的瞬間
口琴　我唯一會演奏的樂器
裝在鋪著漂亮布的盒裡

我生活在物品們的包圍中
這些物品在我觸摸它們之前
一直乖乖地等著我
但仔細一想物品們也分等級
比如內衣之類　或許因為經常在身邊
作為物品有不自立之嫌

《語言從何而來》——————2021年

鄰居圍牆邊看慣的老樹
河邊公園散步時擋路的石頭
似乎藏在天花板裡的果子狸
植物礦物動物也都如名稱一樣是「物」嗎
如果我是原本被稱作人的生物
這個世界上的一切都可以用唯物論來解決？

這種毫無根據的想法也多虧了
日語中有「物」這個寶貴的詞彙
今天有點陷入沉思

現在是樹椿

被拋開的過去
不知不覺追趕上來
過去的樹陰現在是樹椿
但曾站在那裡的人當下的所在
或許看似遙遠卻近在眼前

語言帶來的東西微乎其微
故　在能理解的這幾十年
反覆浪費了饒舌和沉默
現在對嬰兒的古典般笑容
沒有任何期望地同樣報以微笑

生老病死也奪不走
這微不足道的生命瞬間

隱藏在每個人不一樣的人生中
可是沒能意識到它的價值
我們匆匆地拋棄每一天

雜亂地塞進舊照片的箱子
有必要蓋上蓋子
照片比我的記憶更清晰
當時的現在比此刻的現在……寫到這裡
我無法選擇接下來的詞語

六月

等待著你
坐在木椅上
連你是誰都不知道
等待著你

天空陰沉沉的
但這是一個與之相符的時代
聽著像撥雲見日似的韓德爾
等待著你
雖然知道你絕不會來
忍受獨自活著
在回憶就像希望一樣的午後
雖然想著你也許不在
但我又不能不等你

等待著　不去夢想明天
驚恐於這個世界的深不可測
不怕被禁止
不期待被寬恕
不依靠任何祈禱
等待著
與剛開的繡球花一起的
你

岸邊

落日的逆光炫目
海灘上有一台輪椅
看不見坐輪椅者的面孔
旁邊有一隻狗

世界彷彿就此終止
世界彷彿從此開始的　現在
尋常的情景讓時間停止
遠處傳來教堂的鐘聲……

我的神沒有人格
混入日常生活中
我的神可以任意稱呼
狗先站起來然後輪椅回去

《語言從何而來》——————— 2021年

我在無人的岸邊等待
無言的星星閃爍著光芒
白天　在豐饒中迷失自我
夜晚　我皈依隱藏著光的黑暗

在無休止的濤聲反覆中
焦慮的同時被拯救

無知

在我不知道的時候
我被控制著
我不知道的是什麼
連這個我都不知道

有一道看不見的牆
持續幾個世紀
人類築起的牆
把真實和虛假堆積起來

只要越過那堵牆
就能自由
故　我思考著
前方究竟有什麼呢

在那兒我會知道的是什麼
不透過語言知道的是什麼
謊言與真實沒有區別的是什麼
無知的未知的地平線？

因為不知道
而守護的東西
因知道而失去
人類的智慧是脆弱的

刺

小鳥在鳴叫
風吹動著樹梢
在那之上的天空

人類什麼都沒有創造
一切都來自於自然
我的心中滿是無言的感嘆詞

啊！這讓人感嘆的存在
充滿無限語言的沉默
我能叫出它唯一的名稱嗎

一切都屬於自然
只有被稱為「神」的東西

寄生於自然卻又不是自然

人類的語言是扎進自然的刺
里爾克死於玫瑰的刺
但這個時代的詩人沒有意識到這點

因語言的刺
死去

看著雲

看著雲
嬰兒時期
什麼都不知道地看著雲
那白色輕飄飄的是雲啊
是誰告訴我的呢

很久以前就在看著雲
並不是目不轉睛地看
回過神時眼睛已看著雲
以藍天為舞台
雲的默劇沒有結束

看著雲的時候
留意到看著雲的心情

其他的心情都消失殆盡
唯獨雲才擁有的心情
沒有方法可以告訴任何人

在夕陽漸漸西下的天空中
雲隱藏著光輝四散
毫無來由地傷感
想起出生之前
遙遠的過去

今天也在看著雲

天與我

天聽
天之無言
我聽
人的饒舌

天看見
整個宇宙
我看見
VR

天玩耍
永遠
我玩耍
十連休

《語言從何而來》———— 2021 年

天的名字
只有一個
神的名字
八百萬

天無窮盡
我過米壽
順天
捨我

鎖鏈

縫補之前線斷了
想接的時候帶子斷了
該綁的繩子也斷了
為了連接的網也斷了
羈絆早就斷了
只剩下鎖鏈

連接我的鎖鏈啊　鎖鏈
讓我抓住我
你把我與我連接
你不會讓我逃走
習慣了硬冷的皮膚
今晚我也要與你一起睡

被束縛的我啊　我
把身體交給鎖鏈
心在空中徬徨
嚮往自由畏懼自由
在夢中玩耍我等待
生鏽腐朽的鎖鏈的衰老

朝向夜晚

以腳不抬起的小碎步走
不是自誇但我是老人
到了這把年紀
面對衰老的事實
像小孩一樣不知所措

沿著記憶的籬笆走
懊悔漫無目的地襲來
自責的念頭早已淡薄
感慨是和三盆糖的甜
是揮發掉的幾行詩

熟悉的山脈變成遙遠的影子畫
載著被父親的暴力打垮的

無助的孩子們
發出輕微嘎吱聲的四輪馬車
究竟能往哪裡去呢

暮色

向著暮色
坐在椅子上
隔壁房間透出燈光
在那裡的人
已經離開這個世界
我還不夠痛苦

在我身體的
最深的深淵
有人在練習大提琴
音樂之前的原始音調
觸動我的心弦
我依然還不夠痛苦

《語言從何而來》—————— 2021 年

語言先行
心追隨其後
身體不等語言一直在那裡
暮色漸濃
遙遠天空殘留著光
只是悲傷而已我還不夠痛苦

世間的裂縫

透過世間的
裂縫
窺視
世界

拘泥於
每一天
把我留在別處

無限的
幻影
永遠的
夢境

《朝向虛空》———— 2021年

舌頭
不習慣
雖然無味

醒來

醒來
鴿子在叫
那鴿子
在哪兒？

沒有風
樹木凝然佇立
無為之中的
我的生命

花蕊雖無語
卻又浮現出
語言

人們
開始晨跑的
清早

打赤腳

打赤腳
站在地面
地球

不可靠

天空
確認了
活著是
蝴蝶

厭倦
有毛毛蟲的
地方

《朝向虛空》———————— 2021 年

在天空
迷失於
星群

生命的無言

人們不知
夜晚
花綻放的
恬靜

人的沉默
是喧囂的
擬態

時間
早就變成了
語言的
化石

生命的
無言
使世界平靜

死是私事

死
是私事
他人
無需置喙
戒慎
悲苦
生命歸於平靜
從彩色到
白色
從彩色到
黑色

《朝向虛空》————— 2021 年

總有一天
會看透
今生

慾望不乾涸

慾望
不乾涸
向著
死

不問
善惡
忘記美醜

院子裡的
小樹
守護著
早晨

被保護
著的
我

沒什麼

沒什麼
真的沒什麼
天空也是
人亦如此

因為未來
回憶消失
明明去了就有海

咒文
在靈魂深處
纏繞
平靜地

《朝向虛空》———— 2021年

度過即可
時間
還有星星

在沉默中

在沉默中
充滿著
自然的
寂靜

側耳傾聽
在微風中
沉醉

為了超越
理性與智慧
語言
掙扎

靈魂
嘆息
心的無力

自然不語

自然
不語
也不歌唱
只是活著

人
在混沌中
尋求
秩序

孕育語言
在意義中
困惑

背對著
草木與
天空

從天上

從天
而降的
語言

從地
冒出的
語言

在心的
水面上
浮動的
言之葉

從人到人

《朝向虛空》———— 2021 年

來來往往
不知何時
沉沒

問題就那樣

問題
就那樣
是未來的
答案

音樂
完成
語言
無法做到的

靈魂
飢渴
這幾小節

《朝向虛空》———— 2021年

我
與樂曲一起
輪迴

藍天是

藍天是
看不厭的
純真野獸的
瞳孔也是

將看不見的
細密纖維
束在一起的
身與心

不扭曲
不放鬆
的我

閉著眼
聽著
什麼

明明沒有記憶

明明沒有記憶
卻想起來
你沿著那條路
離去了

群山
悶悶不樂
池塘
一片寂靜

什麼都
無法拒絕的世界的
悲哀

渴望的理由
心
不知道

語言的遺失物

語言
遺失的東西
詩撿到了

草叢
斑馬線
天文館
動物園

語言的
遺失物
是可燃
垃圾

不讓
火焰竄起
只讓它冒煙

秋天落葉的

秋天
沿著
落葉的葉脈
迷路

世界
是隱藏著
無盡語言的
沉默

理是虛假
只有美
真實

被黑暗守護
睡著的
夜晚

晝夜的

在晝
與夜的邊界
站立
等待黑暗

看不見
樹林
和人

在黑暗中
扭動身體
語言的
影子

悄悄地
什麼
也沒指

皈依自然

皈依
自然
忘卻
神

相信
不為智慧
無法抵達之物
命名

天空
向宇宙
敞開

摘草的手
觸摸
泉水

文字

不想讀
文字
不想聽
聲音

從語言的
意義中
滲出之物
尋找沉默

山中
無意義的
寂靜

面對死亡人類的無言

一步

沒有
熱情
只是以
平靜的興趣

凝視
被贈予的
世界的
喜悅

摸索
未來的
夜晚

朝向明天
毫無進展的
一步

永遠在那裡

我
永遠在那裡
樹葉間的陽光
落在地面
記憶中的容顏
混入
河流聲
語言模糊不清
在那裡
一個人
茫然佇立

《朝向虛空》——— 2021 年

愛著
一切的
我

死的顏色

死的顏色
是白
因刺眼
而閉目

喧鬧
平息下來的
今天

樸素的
黑
隱藏在
人的愚昧中

古老的
金的光芒
鐵的鏽斑

不留下無妨

不留下無妨
任何
寫的詩
還有自己

世界
忘了教訓
繼續存在

蝴蝶飛舞
淡然地
無意義
自然而然

《朝向虛空》———— 2021 年

空白
借著天空
填滿留白

哪裡？

如果問
哪裡？
這裡

天之下
地之上
命
一條

如果問
何時？
現在
比岩石年輕

時時刻刻衰老
互相爭鬥
人與人

沒有身影

沒有身影
走那條路
那個人是誰？

嘲笑時間
以死為友
將人引向
未知的幻象

沒完沒了地
不停詢問
回答

在暫時的

結尾歇息
那個人是
誰？

從昨晚

從昨晚到今晨
無夢
活過來

與無數
胎兒一起
與秋櫻的
花苞一起

睡眠的
無心
醒來的
痛苦

瑣事的
淡薄
光

小小的黃花

小小的黃花上
停著一隻小小的白蝴蝶
看著的喜悅
今天開始
巨大的混沌中
孕育著
小小的秩序
隨行杯
離開手指
掉在地板上的
一瞬

讓時間
凍結的
是語言的碎片

未收入詩集的作品

螞蟻與蝴蝶[1]

螞蟻因其小而倖存
蝴蝶因其輕而無傷
優美的語言也許能耐得住大地震吧
但此刻我們還是謹言慎行將心中沉默的金
獻給壓在廢墟下的人們吧

未收入詩集的作品

1 編注 為二〇〇八年五月發生的四川汶川大地震所寫。發表於《現代詩手帖》（二〇〇八年八月號）。

換個話題[1]

我想要非常小的房間
因為想和妖精同居
沒有自來水卻有流淌的小河
能聽到遠處傳來的拉加[2]
極光取代電燈
主食是森林裡的各種蘑菇
換個話題今天星期幾？

我常想這下完了
但是又不知道什麼完了
在街上請人看手相
說是手掌上好像有湖
我試著從那裡映照自己的臉
「矛盾」是我喜歡的詞語
換個話題你喜歡無花果嗎？

不用那麼煩惱啊
藍天這麼說著
漂亮的蛇也私語著
雖然有人告訴我
但這與其說是答案不如說是提問
謎隨著年齡加深
換個話題你有名片嗎？

我想要一個寬敞的家
因為買不起希望有人送
我會寫很多詩報答
還可以附贈犰狳
即便在家裡迷路
也還有谷歌地圖

換個話題你是誰？

或許是那樣的
像電車掛鈎一樣連結起
愛和嫉妒和放棄和希望
軌道彎彎曲曲
換個話題這裡是哪裡？

什麼都要數清楚
在校園玩耍的孩子們
抽屜中磨禿的鉛筆
家譜記載的祖先
以前吃過的飯糰
去天堂的階梯數
換個話題你現在幾歲？

天空中飛著蜻蜓
山坡上建著城堡
年糕烤得膨起來
心裡懷抱著謊言
有人在某處等待
顏色被染得多彩
換個話題地球還健康嗎？

1 譯注　譯自《現代詩手帖》（二〇一一年八月號）。
2 編注　拉加（raga）是指印度音樂的旋律。

肖像畫[1]

是誰的身姿凝然佇立於此呢
與我酷似卻令我難以相信那就是我
也許是我以前的我　或是我以後的我
或者是一種令我想起我的幻影嗎
從一根根毛髮到衣服的細小皺褶
都因驚人的技術得到了再現
但促成的熱情卻不屬於理性

假如這就是本來的我的模樣
我也絕未見過這樣的自己
我停掉我的全部機能讓自己定格
卻還是無法阻止自己在這個二次元世界生存
視覺與觸覺和聽覺甚至味覺相連
超越了語言的框架統合著人的五感

潛藏在日常情景中的戲劇是畫家創作的

1 譯注 〈肖像畫〉創作於二〇一二年一一月。後收入《野田弘志畫集》（求龍堂），二〇一四年四月出版。

谷川俊太郎童詩選

兩本書

歷史書真重啊
裡面全是偉人
大家留著　長鬍子
默默地　站著

歌曲集真輕啊
小鳥在天空
大聲唱著
黑人的　吵架歌

歷史書令人懷念
捲髮的公主
在燭光之下
跳著　圓舞曲

《日語的練習》——————1965年

歌曲集忘記了
可是所有歌曲
在西風的口袋裡
媽媽的　嘴唇上

窗外真亮啊
現在在哪裡
很久很久以前的太陽
讓我們唱著歌　想起來吧

河流

媽媽
河流為什麼在笑
因為太陽在逗它呀

媽媽
河流為什麼在歌唱
因為雲雀讚美那水聲

媽媽
河水為什麼冰涼
因為曾被雪愛過的回憶

媽媽
河流多少歲了

總是和年輕的春天同歲

媽媽

河流為什麼都不休息

那是因為　大海媽媽

在等待著河流的回家啊

野花

遍野的野花
花名是什麼
薺菜花的花
無名的野花

大蜻蜓

大蜻蜓逃走了
群馬的大阿呆
卻烤了秋刀魚
按摩師一起吃

順利地脫逃了
群馬的大蜻蜓
也沒喊要暫停
到淺間山那邊

河童

河童乘隙偷東西
河童偷走了喇叭
吹著喇叭嘀嗒嗒
河童買了青菜葉
河童菜只買一把
買回切切全吃下

這邊

這邊是哪邊
百萬遍
路邊尿尿
可不行

這邊是哪邊
慕尼黑
就連野草
都不冒

這邊是哪邊
真奇怪
全不會念
不知道

夏天會歌唱

夏天是大鼓　敲打雷公的屁股
夏天是舞蹈　驟雨是光著腳
夏天是沙漠　熱浪是正午的妖魔

夏天會嬉笑　滿肚子的積雨雲
夏天會惱怒　讓太陽怒目而視
夏天會叫喊　露出閃電的牙齒

夏天是純白　少女們像妖精
夏天是黃色　向日葵汗水的顏色
夏天是藍色　有天空無盡的深廣

夏天會游泳　在海上乘風破浪
夏天會奔跑　背和手臂都是大地色

夏天會歌唱　活著的歡喜之歌

藍天的一隅

在藍天的一隅
湧現一片雲
好像能摸到　又搆不著
在藍天的一隅
一片雲消失了

一隻小鳥
飛過藍天的一隅
好像能抓住　又抓不著
在藍天的一隅
一隻小鳥消失了

《無人知曉》———— 1976年

想打架你就來

想打架你就來　光著身子來
要是光身子來　會害怕的話
你就頭上頂著　油鍋一起來
雞雞礙事的話　你就握著來

想打架你就來　一個人過來
要是一個人來　會害怕的話
你就帶著　三個老婆一起來
喉嚨乾的話　你就喝完酒來

想打架你就來　給我跑過來
要是跑著過來　會害怕的話
你就搭上　破爛的火箭過來
今天不行的話　你就前天來

《童謠》————— 1981 年

壞話謠

就算是爸爸　也別囂張啊
進了浴室　還不是光溜溜的
雞雞不也一樣　晃來晃去的
一百年以後　你在做什麼？

就算是媽媽　也別囂張啊
做了惡夢　不也哭哭啼啼的
不也是偷偷摸摸　請人算命
一百年以前　你在哪裡呢？

屁之歌

吃了地瓜 咘
吃了栗子 嘭
擺好架勢 嘿
對不起啊 啪
浴缸裡面 啵
偷偷摸摸 嘶
急急忙忙 噗
兩人一起 咻

便便

蟑螂的　便便　很小
大象的　便便　很大

便便這種東西
有各式各樣的　形狀
像石塊一樣的　便便
像草繩一樣的　便便

便便這種東西
有林林總總的　顏色

便便這種東西
滋養了　草　還有樹

《嚇一跳》———— 1983 年

便便這種東西
也有蟲子　會吃
再美麗的人
便便　也是臭的
再偉大的人
也會　便便
便便啊　今天也
順暢地　大出來吧

少女

六月的少女傾聽著
在屋簷流下的一滴滴雨水中
想聽死去母親的搖籃曲

六月的少女睜大著眼睛
在夜晚商品櫥窗玻璃的對面
等待著跟自己長得很像的朋友

六月的少女屏住呼吸
因為她知道身子稍微一動
夢想就會破滅

六月的少女是……我不認識的妹妹

冬天的 黃昏

天空 穿著
雲的 毛衣

池塘 戴上
冰的 眼鏡

媽媽
快點 回來呀

嘿喲喲 嘿喲

山 也穿上
雪 的毛皮喔

我說

不想說很誇張的事
我只是說水很清澈又冰涼
口渴的時候喝水
是人最大的幸福之一

能有十足把握說出來的事不多
我只是說空氣清新聞起來很舒服
活著光是呼吸
人就會不自覺地想微笑

理所當然的事可以說很多次
我只是說鯨魚很大又很酷
你聽過鯨魚的歌唱嗎
不知為何我對自己是人感到羞愧

《嚇一跳》────── 1983 年

可是關於人應該怎麼說才好呢
孩子們跑過早晨的道路
我只是沉默
幾乎就像一道傷口
為了將那模樣刻在心中

嚇一跳

摸摸看吧　咕溜咕溜
推推看吧　搖搖晃晃
再襲擊一下吧　搖搖晃晃
再襲擊一次吧　哐啷哐啷
已經倒下了呀　啊嘿嘿嘿
感受地心引力　吱吱嘎嘎
地球在旋轉著　咕咚咕咚
風也在吹著啊　窸窸窣窣
是該開始走吧　啪搭啪搭
有個人回頭了！　嚇一跳

《嚇一跳》——————— 1983 年

詩人

詩人有鏡必照
以確認自己是不是詩人
是不是詩人讀了詩也無法分辨
大家都認為只要看一眼就能認出來
詩人夢想著有朝一日
自己的臉成為郵票
可以的話希望是非常便宜的郵票
因為這樣就可以讓很多人舔到
詩人的妻子做著炒麵
板著臉

超人

超人在車站前的書店
買了五本超人漫畫
因為畫了自己而很開心
就稍微在天空飛了一會兒
然後來到麥當勞
卻點了一碗天婦羅烏龍麵
大家咯咯地笑讓他不知如何是好
只好出去尋找不笑的壞蛋
超人其實有個情人
情人正與紫色的小豬同居

閃閃發亮的尺

那是　尺
從沒見過
這麼大的　尺
在一望無際的
草原上　立著
秋陽下　閃閃發亮著
到底　在量什麼呢

我不禁　跪了下來
從我的　眼裡
流下了　淚水
啊啊　為何
啊啊　為什麼
是我　把橡皮擦

弄丟了吧

海裡的長頸鹿

越來越遠　越來越遠
朝著水平線
游泳的　長頸鹿
越來越遠
海面上的　細長脖子
微微地　突出水面的
兩隻　角
肚子裡
故鄉的　樹木嫩芽
草葉
慢慢地　反芻
再反芻
越來越遠　越來越遠
海裡的　長頸鹿呀

《荒誕之歌》——————　1985 年

蒲公英　開花時

孩子　想打開白色的門
雖然只在心裡　想著
非常　可怕的事
這件事　不告訴任何人
孩子　撿起滾落的球
在手臂的汗毛上　露珠
發出　黯淡的光

只要一次　就這麼僅僅一次
這樣就好　孩子這麼想
但是　僅僅一次就夠嗎
蒲公英　開花時
孩子　在河邊做夢
真的　做了那件事之後

無可挽回的悲傷

大便

聖經裡　雖然沒記載
亞當　應該也有大便過吧
還有夏娃　也在伊甸園的草叢裡
大過　蘋果的大便吧
自從出現在這個世界　這個
人類　就沒停過
不是一直　在大便嗎
就算現在　作為肥料的功用
已經被搶走了　然而
大便　從沒有失去
它的氣味和光澤
大便　與歷史一樣古老
和每天的太陽一樣　嶄新
報紙　卻從來不報導它

《荒誕之歌》———— 1985 年

夢之夜

太郎　在做夢的晚上
蓋著　夢的被子
在夢裡　尿床
做著　夢裡的夢時
穿著　夢的睡衣
被夢的吸塵器
吸了進去

做著這樣的　夢
這　跟我沒關係哪
次郎　這麼想
說到　三郎
他還沒睡　正在看電視
而四郎　在子宮裡

猶豫著　要不要被生下來

我

以快捷掛號的方式　我來了
從未來的　某一天
我的眼　是鑽石
我的嘴　是玫瑰花瓣

打開　藍天的門
含著　星星的碎片
大人哭的時候　我笑了
把整個自己交給　女孩

用手掌　掬起太平洋
教鯨魚　算數吧
誰也　阻止不了
在夢裡　我成為迷路的孩子

彩虹

我　閉上眼睛
卻　聽見雨聲
我　摀住耳朵
卻　聞到花香

我　屏住呼吸
但　時間依然流逝
我　一動不動
但　地球依舊旋轉

就算我　消失
有另一個孩子　玩耍著
就算我　消失
一定有　彩虹在天空

爺爺

爺爺的動作非常慢
把箱子放在架子上後
雙手也停在箱子旁邊
過了一會兒才把手放下來
垂在身體的兩側
站著一動也不動的爺爺
看起來突然想要喊什麼
院子裡的櫟樹從窗口
窺視著爺爺
櫟樹說的話
爺爺都聽得見
但他卻好像假裝聽不見
昨天看見在洗澡的爺爺
我看見了他萎縮的雞雞

《裸體》—————— 1988 年

爺爺啊爺爺請你告訴我
現在的心情而不是往事
你現在最想擁有什麼
你現在最喜歡的是誰

很久很久以前

很久很久以前我在這裡
赤裸著身體眼睛咕溜溜地轉
與現在一樣的太陽
閃耀在藍天的正中央
與現在一樣的風
忽地從草葉上吹過
雖然沒有學校但我在這裡
雖然沒有玩具但已玩過了
雖然沒有書但已經思考過
雖然沒有漢堡但也大便了
覺得孤單時不知為何哭了
感覺滑稽時沒來由地笑了
肚子上的肚臍不可思議
常常用手指摸著它睡覺

於是夢中就下起了蛇雨
我出生我死亡
很久很久以前我在某個地方
現在我在這裡

媽媽

並非閉著眼才覺得漆黑
因為我知道睜開眼也是一片黑暗
雖然很想睡覺但是我害怕
夢見媽媽從懸崖上掉下來
我聽見走在路上的跫音
但那不是媽媽
白天放學回到家時
一邊做著咖哩飯一邊喝著啤酒
我說媽媽你又喝酒啊
媽媽回答是啊還在喝
然後媽媽就出門了
媽媽你現在在哪裡啊
已經坐上了電車
還是在某個明亮的地方呢

《裸體》———— 1988年

與誰聊著天嗎
我也想跟你說話
想要你現在馬上就回來
即使哭泣也無妨即使生氣也可以

遠方

我覺得我比小洋走得更遠
覺得比正君走得更遠
覺得比吾郎比媽媽都走得更遠
可能比爸爸比曾祖父都還要遠
吾郎不知何時在星期三離開了家
星期日晚上很晚才回來
骨瘦如柴滿身泥土
總是唏哩呼嚕地喝水
吾郎去了哪兒誰也不知道
一直走下去的話會走到哪裡呢
不知不覺我也許會變成老太婆
或許忘記了今天的事情正喝著茶
在比這兒更遠的地方
那時就算一個人也無妨只要有個喜歡的人就好

《裸體》————— 1988 年

那個人就算死了也無所謂
能夠擁有無法忘懷的回憶就好了
不知從何處飄來大海的氣息
但是我能走到比大海更遠的地方

幸福

我站著
太陽親吻著
我的額頭
風撓癢著
我的脖子
有人一直
看著我
我站著
昨天捏著
大腿
明天想把我
帶走
我很幸福

不在

我們
總有一天
會不在
把原野上摘的花
藏在背後
爸爸聽不見
來自笛聲的邀請
我們
總有一天
會不在
從天空得到的
微笑閃閃發光
媽媽看不見
由星星的引導

我

我不是孩子
我是我
我不是大人
我是我
我不是你
我是我
不知道是誰的決定
我從一出生就是我
所以今後
我要做我自己
因為我絕對是我
什麼都能當
甚至能成為外星人

《孩子的肖像》———————— 1993年

富士山與太陽

富士山　很大
因為大　而安靜
看　富士山時
心也　變得　很平靜

太陽　很明亮
因為明亮　而嶄新
太陽　升起來了
心也　變得　煥然一新

雨

下雨時
聞到　泥土味
下雨時
腳底　癢癢的

下雨時
大街　安靜下來
下雨時
想起　過去的事

雷

天空啊
雖然　一直忍耐著
偶爾　非常　生氣
一邊哭　一邊生氣

那是啊
不是訓斥　孩子
而是訓斥　大人喔
這個混蛋　這個混蛋

飛機

飛機的　翅膀
像刀子一樣
對不起呀　天空
很痛吧

但是　請忍耐
不要讓飛機掉下來
嬰兒也
坐在上面呢

魚乾

魚　死後
也不閉上　眼
看著我　和弟弟
和媽媽

魚　不要生氣
因為從頭　到尾
一點不剩地　吃光了
魚刺　不要卡在　喉嚨裡

大海

叔叔　在某天早晨
去了大海
就再沒回來
叔叔　歌唱得很好聽

為我做過　竹蜻蜓
帶我去過　廟會
橡膠長靴上　沾著魚鱗
為什麼大海　一臉不知情呢

夢

夢是　我
心中的　電視
明明睡著了
卻什麼都　看得到

怕得要死
又無法逃跑
就算不想關掉
還是　被驚醒

《富士山與太陽》———— 1994年

鏡子

我看著我
我看著我
在鏡子中

我是誰？
我是什麼？
媽媽的媽媽的媽媽的
媽媽的媽媽……
看著這裡　從鏡子中

天空很藍
時鐘的指針　筆直地前進
我看著我

《大家都溫柔》———— 1999年

我看著我
在鏡子中……
非常明亮

再見

再見
今天吃過的三明治
再見
今天走過的路
太陽慢慢西下
再見
還在生氣的媽媽
再見
已經聽完的歌
夜晚就要來臨
再見
今天仰望的飛機雲

再見
今天摔倒的我
還能再見到嗎

聖誕節

我穿著長筒靴
踩上你降下的刺眼的雪
喂上帝
請不要討厭我

我用電視遊戲炸毀了
你製造的閃爍星星
喂上帝
請不要討厭我

再怎麼祈禱也沒有回答
在宇宙的盡頭睡著午覺
喂上帝
請不要討厭我

《大家都溫柔》——————1999年

無論你多麼偉大
都沒能讓一場戰爭消失
喂上帝
你有聽見我說的話嗎

大家欺負我時
我想到了你
喂上帝
請不要討厭我

馬廄裡又冷又暗
這裡亮得讓人熱得冒汗
喂上帝
請不要討厭我

我們的星星

能光著腳用力踩住的星星
土之星
夜裡也充滿芳香的星星
花之星
一滴露水在大海中成長的星星
水之星
路邊藏著草莓的星星
美味之星
從遠方傳來歌聲的星星
風之星

各種語言訴說同樣的歡喜和悲傷的星星
愛之星
所有的生命總有一天共同休息的星星
故鄉的星星
無數星星中唯一的一顆星星
我們的星星

心的顏色

我都想了些什麼
它造就了現在的我
你都思考過什麼
這就是現在的你

世界由大家的心而決定
世界因大家的心而改變

嬰兒的心是一張白紙
長大就染上顏色
我的心是什麼顏色？
想把心染上美麗的顏色
美麗的顏色一定幸福

如果透明會更加幸福

影子和大海

當我傷害某人的時候
痛苦的是這個我
當你讓某人痛苦的時候
受傷的是那個你

痛苦和傷害相伴而來
像影子一樣無處不在

我讓某人快樂的時候
幸福的是這個我
你讓某人變得幸福的時候
快樂的是那個你
幸福和快樂在歌唱

像大海一樣永恆

愛的消失

那傢伙讓我傷心
那傢伙傷害我
那傢伙讓我痛苦
那傢伙使我不幸

若把責任都推給那傢伙
我被那傢伙囚禁

當我憎恨誰時
我是憎恨著我自己
當誰抱怨你時
是誰在抱怨著世界
越憎恨憎惡就會越膨脹

越抱怨愛就消失得越快

喜歡

喜歡
喜歡傍晚的樹林
喜歡迷路的螞蟻
喜歡咬著整顆蘋果
喜歡磨破的膝蓋
雖然痛也喜歡

喜歡的東西
喜歡的事情
想一直喜歡
雖然也有討厭的東西
說不定什麼時候
就會變得喜歡

《喜歡》—————— 2006 年

喜歡

喜歡媽媽

雖然總是吵架

喜歡

喜歡月亮

喜歡太陽

喜歡繁星

雖然數不完

山

山是　冬天
穿著　厚厚的毛衣
擁抱著　小熊們
連搖籃曲　也不唱

山是　春天
草發芽　花盛開
癢癢的　癢癢的
山嗤嗤地　笑著

山是　夏天
積雨雲的　帽子很好看
山讓我們看到　遠方
讓孩子們　騎在肩膀上

山是　秋天
換上色彩鮮豔的　服裝
突然變得　很時尚
湖的鏡子裡　映照著臉

歌唱

在媽媽的肚子裡
浮沉在羊水中時
我　已經在歌唱

在草的搖籃裡聽到的
藍天唱給我聽的
搖籃曲

吃飯時湯匙和盤子
胡蘿蔔和地瓜都一起
與唇舌歌唱

無聲的夜裡

從寂靜的彼岸傳來的歌聲
我　默默地和著
初吻時
那個人的身體在歌唱
我的身體也在歌唱……
我們活著的這個星球的大氣裡
總是充滿歌聲
把歡喜與悲傷和痛苦化為一體
因此我　即使某一天死去時必定
唱著歌
就算沒有人聽到

小河

你來自哪裡呀　小河
來自　樹葉上
來自　岩石之間
來自　天空

你跟誰一起玩呀　小河
櫻花鉤吻鮭和鶺鴒　一起玩
滾著小石子　玩
跟竹葉小船　玩

你喜歡什麼呀　小河
喜歡　來喝水的鹿
喜歡　激起水花的小孩
喜歡　運載貨物的船

你要去哪裡呀　小河
越過山溝往村落　去
穿過橋往城鎮　去
到最後變大的海裡　去

繩子

生下來就這樣
繩子不分頭尾
只有兩端

捆著一疊
褪色的情書時是很好
但因故情書被燒毀
連結的東西束縛的東西都沒有了
繩子完全喪失了自信

抽屜裡的繩子
開始做夢變成蛇
變成有頭有尾的蛇

變成蛇的話
我會蜿蜒著爬上山丘
然後眺望遠方的大海
直到尾巴說要回去為止

出生了呀　我

出生了呀　我
終於來到了這裡
雖然眼睛還沒睜開
雖然耳朵也聽不見
但我知道
這裡是多麼美麗的地方啊

所以請不要打擾
我的笑　我的哭
我喜歡上的某個人
我得到的幸福

總有一天我會
為了從這裡離開的時刻

《孩子們的遺言》——————— 2009 年

現在開始我寫下遺言
希望山永遠高聳
希望海永遠深邃
希望天空永遠湛藍

然後希望人忘記
曾經來過這裡的日子

謝謝

天空　謝謝
今天也在我的上方
即使是陰天我也明白
你的湛藍正向著宇宙擴散

花朵　謝謝
今天也為我綻放
明天可能就凋謝了
但是芬芳與色彩已經是我的一部分

媽媽　謝謝
生下了我
因為不好意思說出口
所以只說一次

《孩子們的遺言》———— 2009年

不過是誰呢　為什麼呢
把我賦予給我？
向著無限的世界我喃喃自語
我　謝謝

停不下來

一哭我就　停不下來
哭得　聲淚俱下
想不哭　卻停不住
明明已經　流不出眼淚
也不知道
為了什麼悲傷

我真的想　緊緊抱住母親
但我已經
是一個頂天立地的　男孩
不能再撒嬌
這麼一想
我比以前　更難過了

《年輪蛋糕》———————— 2018 年

初次的心情

初次的心情
非常激動
不知如何是好
眼淚慢慢湧出來
不是想哭
不是悲傷
難以言喻的心情

體內有泉水
是從這裡湧出來的吧
這樣的心情　初次的心情
大人都知道吧
雖然想對誰說
卻又不知說什麼

只屬於自己祕密的心情

外婆和天空

外婆想去天空呢
想蓋著雲的被子睡覺
在有人叫醒之前
什麼都不用看
什麼都不用聽

我也想去天空呢
想輕飄飄地飄浮著
不用學習
不會被欺負
老鷹和朋友發出咕咕的叫聲

《年輪蛋糕》————— 2018 年

寫詩是我的天職

——谷川俊太郎專訪

田原

田：回顧您半個多世紀的創作歷程，準確來說您步入詩壇是出於被動式的「被人勸誘」所致，而不是來自自我原始衝動的「自發性」。從現象學上看這是「被動式」的出發。但恰恰是這種偶然的誘發，使您走上了寫作道路。從您受北川幸比古等詩人的影響開始寫作，到您在豐多摩中學的校友會雜誌《豐多摩》（一九四八年四月）復刊二期上發表處女作〈青蛙〉，以及接著在同仁雜誌《金平糖》（一九四八年十一月）上發表兩首均為八行的〈鑰匙〉和〈從白到黑〉時為止，那時作為不滿十七歲的少年，您是否已立志將來做一位詩人？或靠寫詩鬻文為生？能簡要地談談當時的處境、理想和心境嗎？

谷川：要回憶半個多世紀以前的夢想和心境，我想不管是誰都是滿困難的吧？在我有限的記憶中，我當時的夢想是：用自己製作的短波收音機收聽歐洲的廣播節目，以及有朝一日自己買一輛汽車來開。至於心境，因為當時怎麼都不想去上學，所以一想到將來如何不上大學還能生活下去，就會有些不安。

田：從您的整體作品特點來看，您詩歌中充滿的音樂氣質和洋溢著的哲理情思，都無不使人聯想您的家庭背景——父親是出身於京都大學的著名哲學家和文藝批評家，母親是眾議院議員長田桃藏的女兒，且又是諳熟樂譜、會彈鋼琴的大家閨秀，她也是您童年學鋼琴的啟蒙老師。在這樣的家庭環境中長大，比起同時代在戰敗的廢墟中成長，尤其是那些飽受過飢餓與嚴寒、居無定所在死亡線上掙扎的詩人，您可以說是時代的幸運兒。儘管一九四五年的東京大空襲之前，與母親一起疏散到京都的外婆家，之後返回東京時目睹了美軍大空襲後的慘景。可是作為有過戰爭體驗和在唯一的原子彈被害國成長的詩人，您似乎並沒有刻意直接用自己的詩篇去抨擊戰爭與謳歌和平。戰後的日本現代詩人當中，有不少詩人的寫作幾乎是停留在戰爭痛苦的體驗裡，即戰爭的創傷成了他（她）們寫作的宿命。我曾在論文裡分析過您的這種情況，與其說這是經驗的逃避或「經驗的轉嫁」，不如說是把更大意義的思考——對人性、生命、生存、環境和未來等的思索投入到自己的寫作中，這既是對自我經驗的一種超越，更是一種新的挑戰，不知您是否認同我的觀點？

谷川：我經歷過一九四五年五月東京大空襲，疏散到京都是之後的事。大空襲的翌晨，跟友人一起騎車到我家附近，在空襲後燒毀的廢墟裡，看到了橫滾豎躺燒焦的屍體。儘管當時半帶湊趣的心情，但那種體驗肯定殘留在我的意識裡。可是，與其說我不能用歷史性和社會性的邏輯去思考這種體驗（因為當時我還是個孩子，不具備這種天賦），不如說我接納了人類這種生物身上實際存在的自古至今從未停止的互相爭鬥、互相殘殺的一面。在這層意義上，你的觀點也許是對的。但在我的內心並沒有將其語言化為「既是對自我經驗的一種超越，更是一種新的挑戰」，這跟我個人缺乏歷史感有直接關係。不過，順帶一提，最近，我在報紙上偶然讀到齊藤野[1]（據說是高山樗牛[2]的弟弟）以拉斯金[3]、左拉[4]、易卜生[5]為例進行的闡述，「在他們面前不存在國家、社會和階級，只有人生和人生的尊嚴」這句話引起了我的強烈共鳴。

田：在您的寫作生涯中，您對一位詩人的名字應該永遠是記憶猶新的。他就是把您的作品推薦到《文學界》（一九五〇年十二月號）發表的三好達治[6]。這五首詩的發表，不僅使您一舉成名，而且也奠定了您在詩壇的地位。三好在您的處女詩集《二十億光年的孤獨》的序言裡，稱您是意外地來自遠方的青年，他的「意外」和「遠方的青年」即使在今天我相信不少讀者對此仍有同感。「意外」無外乎是他沒有預料到在戰後的日本會有您這樣的詩人誕生，「遠方的青年」應是他對您詩歌文本的新鮮和陌生所發出的感慨。與中國詩人的成長環境不同的是，不但在戰後，即使是現在，大多數的日本詩人幾乎都是團結在自己所屬的同人雜誌的周圍，他們的發表管道也幾乎都是透過自己的同人雜誌與僅有的讀者見面。我曾查閱過五〇年代以後創刊的同人雜誌，洋洋千餘種，讓人目不暇接。單是一九五〇年一年內有記載的就有三十餘種創刊。五〇、六〇年代可以說是日本現代詩的文藝復興期，產生不少有分量的詩人。某種意義上，也可以說是時代為他們提供了機遇，得以留下無可磨滅的聲音。在這樣的文學環境下，您的處女詩集在父親的資助下以半自費的形式在創元社出版，請問當時看到自己新出版的詩集時，是否已明確了自己以後的寫作目標和野心？對於剛剛涉足詩壇的您來說，是否存在無法超越的詩人？若有，他們是誰？

谷川：「寫作目標」對於我是不存在的，是否有稱得上「野心」的強烈希求也值得懷疑。儘管如此，我還是想到了靠寫作維生，因為除此之外我沒別的才能。而且那時對詩壇這一概念也沒有當真的相信過，雖說也有敬畏的詩人，但我從沒有過超越他們的想法。當時，我曾把自己想像成一匹獨來獨往的狼。因為那時對於我來說，比起詩歌寫作，實際的生活才是我最為關心的事。例如，我曾把沒有固定工作、靠寫詩和寫歌詞、翻譯歌詞和創作劇本維生的野上彰[7]的生存方式作為一種人生理想。

田：一九五三年七月，您成為剛創刊的同人詩刊《櫂》的成員之一。這本同人詩刊也是日本戰後詩壇的重要支流之一，它的重要性完全可以跟崛起於戰後日本詩壇的「荒地」[8]和「列島」[9]兩大詩歌流派相媲美。您作為這兩大詩歌流派之後成長起來的「第三期」詩人群中的重要代表，迅速從戰爭和意識形態的束縛中解脫出來，確立了自己獨特的都市型詩風。當然，這跟那時日本社會受美國式的都市型的社會生活環境的影響有關，生存的悲喜和不安以及伴隨著它的精神分裂是你們抒寫的主旋律。我曾在您的書房翻閱過出版於不同年代的這本雜誌，不難看出，《櫂》是同儕輪流編輯出版的。但在翻閱中我發現，《櫂》好像停刊過很長時間，其原因是什麼？另外，與其他形成了統一的創作理念、近似於意識形態化的同仁詩刊相比，《櫂》的存在更引人矚目，它樸素、活潑、自由、富有活力。茨木則子的深沉；大岡信的睿知；川崎洋的幽默；吉野弘的智性。還有岸田衿子、中江俊夫、友竹辰等。您能否簡要地談談《櫂》諸位同儕的詩歌特點，以及它在日本戰後詩壇存在的意義。

谷川：停刊是因為同儕已經有了足夠的發表場所。再就是，我們之間的關係因為比較散漫，不僅沒有團結一致朝向相同的寫作目標，而且還把各自意見的分歧作為了樂趣。至於同儕各人的詩歌特徵和《櫂》在日本戰後詩壇的存在意義，還是交給批評家們評論吧。

田：五〇年代，您先後出版了《二十億光年的孤獨》、《62首十四行詩》、《關於愛》、《繪本》、《愛的思想》等詩文集。這些詩文集裡有不少膾炙人口的詩篇，它們代表著您起步的一個高度。詩人中好像有兩類：一類年少有為，一起步就上升到須仰視才見的高度；另一類是大器晚成，起初的作品不足掛齒，但經過長久的磨練，詩越寫越出色。很顯然您屬於前者。我個人總是願意執拗地認為，劃時代的詩人多產生於前者，而且我還比較在意作為詩人出發時的早期作品，因為早期作品往往會向我們暗示一位詩人未來是否能成大器，或者說詩人的初期作品會反照出他以後的作品光澤。這或許就是所謂的天賦吧？天賦這個詞本身就帶有一定的神性，如果把這個詞彙拆開也可理解為上天的賦予。一位詩人為詩天賦的優劣會決定他文本的質量和作為詩人的地位以及影響。當然，光憑先天的聰慧，缺乏積極的進取、體悟、閱讀、知識和經驗的積累等都是很難抵達真正的詩歌殿堂的。但反過來說，如果缺乏為詩的天分，只靠努力是否能成為大器也很值得懷疑。其實我們周圍的大部分詩人多產生於後者，我不知道您是否也迷信「天賦」這一概念，若只思考該詞本身，它的意義顯得空洞乏味，不知道您是怎樣理解天賦與詩人之間的關係？

谷川：雖說我不清楚是來自於DNA（遺傳基因）還是成長經歷，抑或是二者綜合作用的結果所致，但我認為是有適合詩歌寫作的天分。我創作了很長時間之後，才恍惚覺得詩歌寫作說不定是我的「天職」，但同時這種「天職」也促使我覺悟到作為適合詩歌寫作者的其他缺陷。

田：您從少年時代就跟著美國人家教學英語，您也是我交往的日本詩人中英語說得最為流利和標準的一位，而且還翻譯出版了三百多部圖書。諳熟英語，是否對您的寫作有直接影響？或者是否可以說英語拓寬了您母語的表現空間？活躍在當今國際詩壇上的希尼[10]、蓋瑞・斯奈德[11]，甚至作家米蘭・昆德拉[12]等，這些詩人作家中大部分都是與您交往已久的朋友，對他們的閱讀是通過別人的翻譯還是直接讀他們的原文？另外，在與您交往的當代各國詩人當中，誰的作品給您留下的印象最為深刻？

谷川：我的英語並不熟練，口語也沒那麼流暢，所以我從未過分相信自己的英語。我的英語翻譯大都侷限在平易的童謠和繪本。但是，親近英語拓寬了我母語的表現空間確是事實。比如，通過翻譯《鵝媽媽童謠》，我受到啟發，創造了用假名表記的日語童謠的新形式。我幾乎沒有用原文閱讀過外國現代詩，交往的比較熟悉的外國詩人中，我多少受到了蓋瑞・斯奈德為詩為人的影響。

田：您曾在隨筆裡稱，五〇年代的《62首十四行詩》是從您創作的百餘首十四行詩中挑選出來的。六〇年代初接著又出版了另一部十四行詩集《旅》，這兩部詩集在您的創作中佔有一定的比重。十四行詩據說最初起源於文藝復興時期的義大利，之後流行於英、法、德等國。以格律嚴謹著稱的抒情詩體對亞洲詩人而言永遠都是舶來品。從您的十四行詩群來看，採用的大都是由兩節四行詩和兩節三行詩組成的形式，這應該是佩脫拉克體[13]的十四行，而不是以由三節四行和兩行對句組成的莎士比亞體[14]。但由於日語存在難以在韻腳上與十四行詩的要求達成一致的局限性，日語詩的十四行不得不放棄格律和韻腳，成了日本式的自由十四行。戰前的福永武彥、立原道造等，戰後的中村稔等詩人都有過此類詩的寫作。詩人、評論家大岡信在為這本詩集的第62首撰寫的解讀文中稱，無論是數量還是質量上您都有著驚人的成果，他還把您的十四行作品群比喻成「世界或者宇宙是保護和包容萬物的龐大母胎，是將『世界』、『我』、『人類』介於同一化的幸福過程簡潔地構圖化的青春贊美和青春遺言。」《旅》這本詩集分〈旅〉、〈鳥羽〉和〈anonym〉三個部分，我所掌握的資料中，這本詩集的評論者似乎更多，吉增剛造、北川透、安水稔和、三浦雅士、法國圖盧茲第二大學的伊芙－瑪莉葉．阿利烏（Yves Marie Allioux）教授等都給予了很高評價，連小說家大江健三郎也曾在他的評論集《小說的方法》及小說裡論述和引用過〈鳥羽〉裡的詩句。〈鳥羽〉這組詩的寫作應該是在一九六七年您結束了國內旅行回到東京的四月以後，因為我曾詢問過這組詩的寫作背景，您的回答是，把全家去三重縣東部志摩半島的鳥羽市旅行時的印象帶回東京，在家完成了這組詩的寫作。《旅》出版於一九六八年十一月，在時間上完全吻合。請問，您當時寫下大量的十四行詩的動機是什麼？這系列十四行詩群的寫作難道是您與青春的告別？

谷川：記得組詩〈鳥羽〉寫於一九六六年到一九六七年我第一次在歐洲旅行八個月之前；〈旅〉是以旅行體驗為素材寫下的；組詩〈anonym〉的寫作則在其後。詩集《旅》是把長時間寫下的作品收在一起，在一九六八年出版。至於我選擇十四行這種形式的動機，可以說是當時我的內心需要一種什麼形式——

即詩歌容器的緣故吧！我雖然寫了很長時間的自由現代詩，但另一方面，「自由」也有不好對付的一面。進行詩歌寫作時，為自己定下暫時的形式能讓自己寫得更順利。這也許是我個人的審美意識。還有，在我寫作十四行詩時腦子裡並沒有與自己「青春的告別」這樣的念頭。因為我是一個為脫離青春這一人生階段而感到高興的人。

田：我在一本日文版與中國文學有關的教科書裡偶然發現令尊與周作人、島崎藤村、志賀直哉、菊池寬、佐藤春夫等人的合影照，後來也聽您談過令尊與周作人、郁達夫等中國文人交往的逸事，而且令尊生前酷愛中國文化，在第二次世界大戰之前數次訪問中國，並收藏了許多中國古代文物，尤其唐宋陶瓷和古幣等，不知您是否間接地受到這方面的影響？我在翻譯中發現，您的詩裡多次出現「陶俑」這個意象，讀後總覺得它是令尊收藏的那些中國古代「陶俑」的形象。這一點在您為第二本簡體中文版《谷川俊太郎詩選》撰寫的〈致中國讀者〉前言裡曾提及，您是從令尊在戰前從中國購買的微笑的宋代彩瓷娃娃感受中國的。中日在世界上是很有趣的兩個國家，雖文化同源，又共同使用著漢字，但使用的語言在發音和詞序以及語法等方面卻完全不同，西元八〇四年赴大唐長安留學的弘法大師把漢字和佛教帶回了日本，他在《文鏡秘府論》等著作中，對中國語文學和音韻學都有精辟記載。之後，《論語》、唐詩和大量的歷史文獻被大批的遣唐使帶回日本。直到明治維新，可以說漢文化一直對日本具有絕對的影響力。明治維新前，精通漢文始終是貴族階級的一個標誌，老一輩作家、詩人中像夏目漱石、森鷗外、北原白秋等都寫有一手漂亮的漢詩，可見漢文化對日本作家不僅影響至深，而且已化作了他們的血肉和靈魂。可是，由於維新之後的日本打開了封鎖千年的國門，隨著大量的歐美文化湧入，漢文化已漸漸失去了昔日的光華。對於您及更多在戰後成長的詩人來說，漢文化已不再是主要的寫作資源，那麼，您寫作的主要資源是來自本土還是海外？

谷川：我父親因為喜歡古董，收藏過一些唐、宋時期的陶俑，儘管沒有古幣，但收藏過殷、周時代的玉。我詩歌中出現的「陶俑」不是出自中國，而是來自日本古代。現在手頭上雖說沒有這些陶俑了，但父親生前收藏過的那些「陶俑」造型在不同方面給過我影響。另外，因為我還屬於是在中學學習漢文的一代人，所以，儘管發音不同，但中國古詩已經成為了我的血肉。我想，漢語語境與日語語境齊驅並進，在內心深處形成了我的精神。既然日語的平假名和片假名脫胎於漢語，既然我們如今仍然將漢字作為重要的表記方式，並還在用漢字表達許多抽象概念，那麼中國文化乃日本文化的根源之一這個事實誰也無法否認。

田：詩歌的定義自古有之，我想每個詩人心中對詩歌都有一個屬於自己的概念。柏拉圖曾把詩定義為「詩是天才恰遇靈機精神惝恍時的吐屬，是心靈不朽之聲，是良心之聲」。白居易則在〈與元九書〉裡稱：「詩者，根情、苗言、華聲、實意」。龐德[15]把詩歌說成是「半人半馬的怪物」。郭沫若乾脆把詩歌的概念公式化：「詩＝（直覺×情調×想象）×適當的文字」等等。如果用一段話來概括詩歌的話，您的詩歌定義是什麼呢？

谷川：正因為對用簡單的語言來定義詩歌不感興趣，我才用各種方法創作了詩歌。不是用簡單的語言，而是通過編輯具體作品（主要的對象是針對青少年）的詩選集《詩為何物》來嘗試回答詩究竟為何物——即讓詩歌自身來回答詩歌是什麼。

田：我總覺得一個詩人童年的生長環境和成長經驗非常重要，會影響到他以後的創作。從您的隨筆和創作年譜不難得知，童年的夏天您幾乎是在父親的別墅——周圍有火山和湖泊的北輕井澤的森林裡度過的。而且即使在東京杉並區的宅第，那也是被綠樹和花草簇擁著的一片空間。您曾在隨筆《樹與詩》裡談到過，單是詩集《62首十四行詩》裡，與樹木有關的作品就有十六首之多，您筆下的樹木沒有具體的名稱，而是作為「一種觀念的樹木」而存在的。在這篇隨筆中，您「覺得人類比樹木更卑劣地生存著」，對您而言，「樹木的存在是永遠持續著的一個啟示」。我理解您對樹木抱有的敬畏感。七〇、八〇、九〇年代，您還有過不少直接書寫樹木的詩篇，大概有七、八首吧！它們給我的印象大都是枝葉繁茂，有著頑強生命力和不畏懼強風暴雨的樹木。有時從樹木中反映人性，有時又從人類的生命中襯托出樹木的本質。詩題有時使用漢字，有時使用平假名和片假名。這種對樹木的鍾愛一直未泯的創作激情，我想與您童年的成長背景密切相關。記得本世紀初在北京大學召開的《谷川俊太郎詩選》的新書發表會上，詩人西川在發言中曾談到您的詩有一種「植物的味道」。他的嗅覺和敏感引起了我的注意。過後，我又翻看了一遍詩選，發現與樹木有關的詩篇真的還佔不少的比例，這是一個偶然的實例。童年作為一個永恆的過去，樹木究竟意味著什麼？

谷川：對我來說，樹木的意義超出了語言，它們可以說是作為超越了人們所想到的意義的「真」和「美」而存在的。我並不在意將其歸納為散文的形式。每天的生活中，我因為樹木的存在而受到慰藉和鼓勵，至於用詩歌的形式表現樹木則屬於次要。

田：青春對於任何人都是寶貴的，它的寶貴在於其短暫。您第一次的婚姻生活始於一九五四年，結束於一九五五年，總共還不到一年時間。這段短暫的情感經歷我個人覺得在您五〇年代末和六〇年代初的作品中烙上了一定的痕跡。之後，您又經歷兩次婚變，三起三落的婚姻失敗是否跟詩人的身分有關呢？

谷川：三次離婚各有其因。如果字句確切地將其語言化，理由當然在作為當事者的我這裡。理由的一端不消說與我的性格有關。在此也無法否認，這也與我作為詩人的「身分」（這是個非常有趣的表達）有關。這些是我一生永遠思考的問題。

田：在您創作的近兩千首詩歌作品中，請您列舉出十首最能代表您創作水平的作品。

谷川：我不太理解代表「自己水平」這種說法，在此只舉出我能立刻想到的吧！

〈二十億光年的孤獨〉、《62首十四行詩》中的第62首、〈河童〉、〈對蘋果的執著〉、〈草坪〉、〈何處〉、〈去賣母親〉、〈黃昏〉、〈再見〉、〈父親的死〉、〈看什麼都想起女陰〉等。

田：在您出版的多部詩集裡，您最滿意的是哪些？您覺得哪幾部詩集在您的創作風格上的變化較為明顯？

谷川：我雖然自我肯定，但並不自我滿足。變化較為明顯的應該是《語言遊戲之歌》、《定義》、《日語的說明書》、《荒誕之歌》、《裸體》等。

田：您從年輕時代就寫下了不少很有分量的散文體詩論，除出版有評論集《以語言為中心》外，還與評論家、詩人大岡信合著有《詩的誕生》、《批評的生理》、《在詩和世界之間》等理論和對話集，對現代詩面對的詩與語言、詩與傳統、詩與批評、詩與思想以及詩歌翻譯等問題都有涉及，這些深入詩歌本質的論述作品在日本戰後現代詩壇產生了很大影響，可以說是具有劃時代意義的。在這些書中，您對現代詩獨到的見解令人折服。儘管如此，您雖然跟那些「理論空白」的詩人不同，但我覺得還是沒有寫出系統性的詩歌理論，這是否跟您所說的不擅長寫長文章有關呢？

谷川：雖說跟我不擅長寫長文章有關，但更重要的是我對系統性的理論毫無興趣。與其說去寫理論，不如說我更想創作詩篇。這是我一貫的願望。

田：跨文本寫作的詩人小說家古今中外皆有，荷爾德林（Friedrich Holderlin, 1770－1843）、哈代（Thomas Hardy, 1840－1928）、巴斯特納克（Boris Pasternak, 1890－1960）、里爾克（Rainer Maria Rilke, 1875－1926）、波赫士（Jorge Luis Borges, 1899－1986）、卡佛（Raymond Carver, 1938－1988）等。若單說日本，首先我們會想到戰前的島崎藤村（1872－1943），以及戰後的清岡卓行（1922－2006）、富岡多惠子（1935－）、高橋睦郎（1937－）、松

浦壽輝（1954－）、小池昌代（1959－）、平田俊子（1955－）等。他們都是最初作為詩人出發，之後開始了小說創作，而且成就斐然。您年輕時儘管說過自己不寫小說，實際上，您也寫過一些中短篇。最為典型的是跟小說家高橋源一郎、平田俊子合著的《活著的日語》。這本書由你們仨每人創作的一首詩、一個劇本和一個短篇構成，既新鮮，又有趣。在此，我想問的是，不寫小說是對自己的記憶力沒有自信呢？還是詩歌更適合表達自己的生存經驗？

谷川：剛才我已經回答我缺乏歷史感，而且不擅長以「物語」（故事）的形式活著。在我看來，小說是講故事的，故事屬於歷史的藝術，而詩則屬於瞬間的藝術。就是說詩不是沿著時間展開的，而是把時間切成圓片。也許這種說法並不適合世上所有的現代詩，而只適合於擁有俳句和短歌傳統、至今仍深藏「物哀」情結的日語詩歌，但至少我是寫不出敘事詩的，而且，不是我選擇不寫小說，而是我從生理上說寫不了。

田：我一直認為真正的現代詩歌語言不是喧嘩，而是沉默。在此我油然想起您年輕時寫的隨筆《沉默的周圍》，「先是沉默，之後語言不期而遇」。我相信靈感型寫作的詩人都會認同這句話。「沉默」在您的初期作品中是頻繁登場的一個詞彙。正如詩人佐佐木幹郎（1947－）所指出的：「在意識到巨大的沉默時，詩彷彿用語言測試周圍」，這種尖銳的解讀讓人深銘肺腑。現代詩和沉默看起來既像母子關係，又彷彿毫無關係。您認為現代詩沉默的本質是什麼？

谷川：沉默的本質可說是與資訊、饒舌泛濫的這個喧囂的時代相抗衡的、沉靜且微妙的、經過洗鍊的一種力量。我想，無論在任何時代，沉默，都是即使遠離語言也有可能存在的廣義上的詩意之源。也許亦可將之喻為禪宗中的「無」之境地。語言屬於人類，而沉默則屬於宇宙。沉默中蘊含著無限的力量。

田：我曾把您和與您同年出生的大岡信稱為日本戰後詩壇的一對「孿生」。回顧一下半個多世紀的日本戰後現代詩壇，毫不誇張地說，幾乎是你們倆在推動著五〇至八〇年代日本現代詩的發展。而且，某種意義上，是你們倆的作品，讓世界廣泛接納了日本現代詩。您是怎麼看待我所說的「孿生」呢？

谷川：詩壇是一個假想的概念，實際上每個詩人都是獨立存在的。我想我與大岡信有許多共同點，但是我們相異的地方也不少。說我們是「孿生」可能有點牽強，以前我們倆並沒有「推動詩壇發展」那樣的政治構想，將來也不會有。我想這一點就是我們的共通之處吧。

田：數年前，關於您一九八〇年出版的詩集《可口可樂課程》，我曾向被稱為是日本現代詩「活歷史」的思潮社社長小田久郎徵詢過意見，如我所料，他給予了很高評價。之後又看到北川透（1935－）在他的新著《谷川俊太郎的詩世界》中盛讚這是「最優秀的詩集」。當然，還有不少學者發表和出版的學術論文。這本詩集確實是以與眾不同的寫法創作，我覺得這本詩集發出了日本現代詩壇從未發出過的「聲音」，也是典型的具有嘗試性的超現實主義寫作。這本詩集跟您其他語言平易的詩歌作品相比，簡直難以讓人相信是出自同一詩人之手。在我看來，這仍是您一貫追求「變化」的結果。您自己是否認為這本詩集已經抵達了變化的頂點？

谷川：變化是相對的，也沒有所謂頂點之類的東西。在寫作上，我是很容易喜新厭舊的人，喜歡嘗試各種不同的寫法，《可口可樂課程》只是其中之一。

田：發表於一九九一年三月號的《鴿子喲！》文藝雜誌中的「給谷川俊太郎的九十三個提問」裡，有一個把自己比喻為何種動物的提問，您的回答十分精彩，說自己是「吃紙的羊」。我想這也許跟您的寫作以及您出生於羊年有關吧？你覺得您是在陡峭的岩石上活蹦亂跳的羊，還是在一望無垠的草原上溫順吃草的羊？理由又是什麼？

谷川：我覺得兩者都是，因為溫順和活潑都是自己的屬性。

田：音樂和詩歌的關係若用一句很詩意的話來表達，您的一句話是什麼？點到為止也可。再之，作為一個現代詩寫作者，您認為優秀詩歌的標準是什麼？

谷川：音樂和詩歌，可說是……同母異父的兩個孩子吧！我只能說優秀現代詩的標準在於它讓我讀了或聽過後，是否讓我覺得它有趣。

田：在我有限的閱讀中，我覺得日本現代詩的整體印象是較為封閉的，而且想像力趨於貧困。其實這句話也可以套在中國當下的現代詩上。沉溺和拘泥於「小我」的寫法比比皆是，再不就是僅僅停留在對身體器官和日常經驗，以及狹隘的個人恩怨的陳述，瑣碎、淺薄、乏味、缺乏暗示和文本的力度。一首詩在思想情感上沒有對文本經驗的展開很難給人開放感，而且也很難帶給人感動。當然這跟一位詩人的世界觀、語言感覺等綜合能力有直接關係。您認為詩人必須作出何種努力才可以突破現代詩的封閉狀態？

谷川：努力去發現自己心靈深處的他者。

田：義大利詩人好像說過翻譯是對詩歌的背叛，我亦有同感。嚴格說，現代詩的翻譯是近乎不可能的。在我看來，在把一首現代詩翻譯到另一種語言的同時，就已經構成了誤譯。理由是詩歌原文中的節奏、語感、韻律和只有讀原文才能感受到的那種藝術氣氛都喪失殆盡。生硬的直譯，或者一味的教條式的譯法也是不足取的。這也是我始終強調的現代詩的譯者必須在翻譯過程中保持一定的靈活性的原因之所在，在忠於原著的前提下，同時在不犯忌和僭越原文文本意義的範圍內，憑借自己的翻譯倫理和價值判斷來進行翻譯是十分重要的。我個人一貫認為，把一首外國現代詩翻譯成自己的母語時，準確的語言置換儘管重要，但更重要的是必須讓它在自己的母語中作為一首完美的現代詩成立。中國的翻譯界，至今好像仍約定俗成地墨守著「神、形、韻」這樣的詩歌翻譯理念，還有傅雷（1908－1966）的「神似說」和錢鍾書（1910－1998）的「化境說」等，這固然不錯，但卻很少有人強調在翻譯過程中注入一些靈活性。

「神」就是栩栩如生；「形」即形式；「韻」則是韻律和節奏。在一首詩的翻譯中，天衣無縫地做到這三個要素也非易事。在此想問您的是，在日本的翻譯界，您認為誰是最優秀的現代詩譯者？

谷川：賈克・普維（（Jacques Prevert, 1900－1977）的譯者小笠原豐樹、現代希臘詩的譯者中井久夫，若不限於現代詩，我認為，翻譯莎士比亞十四行詩的吉田健一也包括其中。

田：「只有詩人才是母語的寵兒」，這是我最近寫下的一句話。對於詩人而言，母語毋庸置疑是最具有決定性的。當然也有以母語以外的語言進行創作的作家和詩人，但是以第二語言創作的作品大體上沒受到好評亦屬事實。四十五歲移居法國的昆德拉以法文創作的小說《緩慢》和《身分》好像也不太受人矚目。西脇順三郎（1894－1982）也曾用英語寫詩，但是那些英文詩並不如他的日文詩那樣備受好評。里爾克和布羅茨基（Joseph Brodsky, 1940－1996）也如此。甚至通曉幾種語言的策蘭（Paul Celan, 1920－1970）也曾這麼說過：「詩人只有用母語才能說出真理，用外語都是在撒謊。」還有剛過世的、在蘇聯長大，曾做過前蘇聯總統葉爾辛（1931－2007）翻譯的隨筆作家米原萬里也表示：「外語學得再好，也不會超過母語。」策蘭流露出了他對詩人冒犯母語行為所持的否定態度。最近我也在用日語寫作，但常常感受到深陷於日語和母語之間的「對峙」，那種「衝撞」和「水火不容」的感覺有時候十分強烈，真切體會到詩人終究無法超越母語這一事實。您通曉英語，是否也想過用英語寫作呢？

谷川：我雖然從沒想過用日語以外的語言去創作詩歌，但對視母語為絕對的母語主義者也持有懷疑態度。我們不可輕視李維英雄[16]、多和田葉子[17]、亞瑟．比納德[18]等人為何不以母語寫作的理由。

田：如果讓您把自己比喻為草原、沙漠、河流、大海、荒原、森林或天空，您認為自己是什麼？為什麼呢？

谷川：打個比方說，一切都存在我自身之中。

田：您對外星人持有何種印象？如果能夠宇宙旅行，您想去哪個星球看看？或者想在哪個星球上居住？

谷川：因為我覺得地球以外的生物有可能是以多種形態存在的，所以無法歸納為一種印象。還有，我也沒有想到宇宙旅行的心情。

田：我總覺得您創作的源泉之一來自女性。在您半個多世紀創作的數十部詩集中，與女性有關的作品為數不少。單是詩集就有一九九一年出版的《致女人》和一九九六年的《溫柔不是愛》。綜觀您的初期作品，有一九五五年的《關於愛》、一九六〇年的《繪本》、一九六二年的《給你》、一九八四年的《信》和

《日語的說明書》、一九八八年的《憂鬱順流而下》、一九九一年的《關於贈詩》、一九九五年的《與其說純白》等詩集中都有與女性相關的作品。其中〈緩慢的視線〉和〈我的女性論〉這兩首詩給我留下深刻印象。詩中的登場者有母親、妻子、女兒、戀人、少女等。這樣看來，也許可以說女性是貫穿您作品主題的元素之一。以前，我曾半開玩笑問過您：「名譽、權力、金錢、女人、詩歌」當中，對您最重要的是什麼？您的回答，讓我深感意外。因為您選擇的第一和第二都是「女人」，之後的第三才是「詩歌」。在此，我要重新問您，「女性」對於您是什麼樣的存在？是否沒有了女性就無法活下去？您這麼看重女性，能否告訴我，您現在成為「獨身老人」的心境？

谷川：女性對我來說是生命的源泉，是給予我生存力量的自然的一部分，而且也是我最不好對付的他者。我憑依女性而不斷地發現自我，更新自我。沒有女性的生活於我是無法想像的。但我不認為婚姻制度中與女性一起生活下去是唯一的選擇。也許正因為我重視女性，才選擇成為現在的獨身老人吧！

寫詩是我的天職——谷川俊太郎專訪

田：您至今創作的作品中，最長的詩歌大概有五百多行吧。世界上偉大詩人當中創作長詩的為數不少，在我有限的閱讀中，有鮎川信夫未完成的《美國》、入澤康夫的《我的出雲 我的鎮魂》、辻井喬（1927－）的《海神三部曲》、野村喜和夫（1951－）的《街上一件衣服下面的彩虹是蛇》等長詩，您為何沒創作長詩？

谷川：也許跟我認為日語基本上不適合用來寫長詩有關，實際上也可能跟我不擅長敘述故事所以更適合詩歌寫作的傾向有關。有人說「詩集不但易讀而且須耐讀」，我贊成這種說法。

田：從您的整體作品來看，圍繞生存這一主題的作品頗多。您在日本讀者所熟悉的《給世界》（一九五九年）一書裡寫道：「對我而言最根本的問題是活著與語言的關係」。這確實是現代詩所不得不面對的難題，止像不少詩人無法從日常經驗成功地轉換到文本經驗一樣，過於傾向日常，很可能無法超越生活本身；反之，又容易淪為知識先行的精英主義寫作。您能否具體闡釋一下「活著與語言的關係」？

谷川：在日常生活中，對家人和朋友說的語言和作為詩歌寫出的語言的根源是相同的，但在表現上不得不把它們區分開來。現實生活中的語言盡可能表現出真實，我認為詩的語言基本上是虛構的。一首詩裡的第一人稱，不一定指的就是作者本人。雖然如此，我們也不能說作者完全沒把自己投射到作品當中。作者的人性隱藏在詩歌的「文體」之中。「文體」是一個很難被定義的詞，它不僅包含著語言的意義，形象、音調、色彩、作者對語言的態度等所有的要素都融為一體。在現實生活中，人與人的交流不只是特定的夥伴之間的語言，他們的動作、表情等非語言的東西也是非常具體地進行。至於化為文字、化為聲音的詩，是一個作者與不特定的、複數的讀者或聽眾之間更為抽象的交流。可是，作者本身的現實人際關係也投影到他下意識的領域。雖然「活著與語言的關係」在詩歌裡極為複雜，可是，作者無法完全意識到它的複雜性。因為讓詩歌誕生的不只是理性。這樣想來，對文體進行探究進而牽連到作者這樣的分析，其範圍有限是理所當然的事。我想，可以這麼說，以不完整的語言把無法完全被語言化的生之全部指示出來的就是詩歌。

田：在您的創作中，《語言遊戲之歌》系列是不可忽視的存在。您本人也曾寫過：「為探索並領悟到隱藏於日語音韻裡的魅力而感到自負。」能夠寫出這一系列作品，我想大概是因為日語中包含有平假名、片假名、漢字和羅馬字這四種表記文字——即日語文字有表記上的便利性。從肯定的角度想，這些作品拓寬了日本現代詩的表現空間，或許正因為此，使這類作品擁有不同年齡層的讀者，這一創舉可以說對日本現代詩做出了莫大的貢獻。我想，這也許跟您「意識著讀者去寫作」的創作理念有關。可是，若從否定的角度看，您主張的「不重意義，只重韻律」的創作立場，是一種詩歌寫作的「犯規」，或者說是分裂語言與意義的行為。因為一首意義空白的詩歌，再美麗詞藻和語句也都是徒勞的，因為它是一個無內涵的藝術空殼。況且，您的這類作品因為「只重韻律」可以說完全無法被翻譯成別的語言。關於這一點，您有何看法？

谷川：《語言遊戲之歌》只不過是我創作的各種不同形式的詩歌作品之一。在嘗試寫這些作品時，我所思考的主要是探索日語現代詩音韻復活的可能性，結果便產生了看似無聊的順口溜、詼諧的童謠這類作品，有趣的是反而是這類作品讓我獲得了更多的讀者。但同時，我也知道了這類作品很明顯在主題上存在有一定的侷限性。因此，它無法開創現代詩嶄新的可能性。所以，若以現代詩的價值標準來審視《語言遊戲之歌》是有些難度的。可是我並不在乎，對以日語為母語的我而言，「無法被翻譯」並非什麼不光彩的事情，因為我也寫了許多其他可以被翻譯的詩歌作品。

田：自然性、洗鍊、隱喻、抒情、韻律、直喻、晦澀、敘事性、節奏、感性、直覺、比喻、思想、想像力、象徵、技術、暗示、無意識、文字、純粹、力度、理性、透明、意識、諷刺、知識、哲學、邏輯、神祕性、平衡、對照、抽象這些詞彙當中，請您依次選出對現代詩最重要的五個詞彙。

谷川：我想應該是無意識、直覺、意識、技術、平衡吧。但我不認為回答這樣的問題會管用。

田：迄今為止，您參加過無數次的「連詩」創作活動。這一活動始於大岡信，四、五位詩人聚在一起，有事先命題的，也有自由隨意的。「連詩」一般以十行以內的短詩為限，第一首寫出後，接下來的詩人必須承繼上一首中的一個詞，然後在意義的表現上重新展開。是一種帶有娛樂性的創作活動。這種「連詩」活動對平時交流不多的日本現代詩人而言，是一個有趣和值得嘗試的交流。可是，另一方面，我覺得這種活動對詩歌寫作並沒有太大的意義，之所以這麼說，是因為我覺得現代詩寫作與集體行為無緣。對此您有什麼想法？

谷川：詩歌是一個人寫的，這個原則不會改變。可是，脫離與他者的聯繫，跟語言所持有的本質是矛盾的。大岡信的名著《宴會與孤心》，書名可謂一語中的。另外，對我來說「連詩」不單單停留在它所帶來的樂趣上，它也有助於激發我的創作。舉個例子，我自己比較偏愛的〈去賣母親〉一詩，如果不是因為有「連詩」的夥伴、詩人正津勉（1945－）的存在，恐怕我也是寫不出來的。從他者得到的刺激會喚起意想不到的詩情。

田：您是怎麼處理現代詩的抒情和敘述、口語化和通俗化的？

谷川：我想在自己內心擁有這一切。

田：貝多芬是音樂天才；畢卡索是繪畫天才；若說您是現代詩的天才，您會如何回答？

谷川：若是戀人那麼說，我會把它看作是臥房私語而感到開心；若是媒體那麼說，我覺得自己被貼上了標籤，會感到不快；若是評論家那麼說，我就想對他們說：請給予我更熱情的評論！

田：您在第二本簡體中文版《谷川俊太郎詩選》的〈致中國讀者〉序文中寫道：「……我從十七歲開始寫詩，已經有半個多世紀了，但是，時至今日，我仍然每每要為寫下詩的第一行而束手無策。我常常不知道詩歌該如何開始，於是就什麼也不去思考地讓自己空空如也，然後呆呆地靜候繆斯的降臨。」這段話讓我再一次確認您是「靈感型詩人」，並為對您的這種命名而感到自負。實際上，具有普遍價值意義的詩人幾乎都出自這種類型。那麼，我想問的是：靈感對於詩人為什麼重要？

谷川：因為靈感在超越理性的地方，把詩人與世界、人類和宇宙連接在一起。

田：中國和日本都常常舉辦一些詩歌朗誦活動，我也參加過不少。但我總覺得現代詩更多的時候是在拒絕朗誦，理由之一，我想應該跟詩歌忌諱聲音破壞它的神祕感有關。儘管相對而言有時候說不定詩歌也渴望著被閱讀吟誦。1 9 9 6年，您曾透露想遠離現代詩壇的心境，從此便開始積極進行詩歌朗誦活動。當然，並非您所有的作品都適合朗誦，基本上詩歌是從口傳開始的，或者說它最初是從人類的嘴唇誕生的。這麼看來，所有的現代詩都應該適合朗誦。但是，與重視韻律、音節、押韻、字數對等、對仗的古詩相比，現代詩幾乎都不是注重外在的節奏和韻律，通常都是順其自然的內在節奏。按照波赫士的說法，必須在詩歌內部具備「聽覺要素與無法估量的要素——即各個單詞的氛圍。」我覺得這跟詩歌朗誦有關。您認為詩歌朗誦活動是否能夠解救現代詩所面臨的讀者越來越少的困境？為什麼？

谷川：我想朗誦活動也許無法解救現代詩的困境。文字媒體和聲音媒體是互補的。若沒有好的詩歌文本，朗誦就會演變成淺薄無聊的語言娛樂遊戲。至於那究竟是不是詩歌並不再成為問題了。只是，現代詩的「困境」，不僅存在於寫不出好詩這個層面，我們也能夠從這個時代所謂的全球化文明的狀態找到相關理由。詩與非詩之間的界限日益曖昧，日漸淺薄的詩歌充斥著大街小巷。我們難以避免詩的「流行化」，即使是人數再少，我們也需要有與之抗衡去追求詩歌理想的詩人。

（專訪原文收錄於《谷川俊太郎詩選集》第三卷，集英社，二〇〇五年八月）

1 編注 齊藤野（1878－1909），出生於山形縣鶴岡，明治時代的評論家。

2 編注 高山樗牛（1871－1902），日本近代作家。

3 編注 約翰．羅斯金（John Ruskin, 1819－1900），十九世紀極具影響力的英國作家、藝術和社會評論家。

4 編注 埃米爾．左拉（Emile Francois Zola, 1840－1902），十九世紀法國自然主義文學家。

5 編注 易卜生（Henrik Ibsen, 1828－1906），挪威詩人及劇作家。

6 編注 三好達治（1900－1964），大阪出身的詩人、翻譯家、文藝評論家。

7 編注 野上彰（1908－1967），出身於德島，曾師事川端康成。因擔任圍棋雜誌的編輯而開啟創作生涯。曾擔任過出版社總編輯，創作領域包括詩、小說、童話、戲曲、劇本以及翻譯等。

8 編注 一九三九年由鮎川信夫、森川義信等人創刊的詩同人誌《荒地》，題名取自於英國詩人艾略特於一九二二年發表的詩〈荒原〉（The Waste Land）。此派詩人包括田村隆一、北村太郎、吉本隆明等。

9 編注 一九五二年創刊的《列島》，由關根弘、木島始、野間宏等左翼詩人發起，融合社會主義思想與前衛的寫作風格，並在全日本的職場、學校等各地方推動「團體詩運動」。

10 編注 謝默斯．希尼（Seamus Heaney, 1939－2013），生於北愛爾蘭，詩人，作家。一九九五年獲得諾貝爾文學獎。

11 編注 蓋瑞．斯奈德（Gary Snyder，1930－），美國詩人、禪修者、勞動者、生態哲學家。

12 編注 米蘭．昆德拉（Milan Kundera, 1929－），出生於捷克的布爾諾。一九七五年流亡移居法國。作品有長篇小說《玩笑》、《身分》、《生命中不能承受之輕》、《可笑的愛》等；評論集《小說的藝術》、《被背叛的遺囑》等。

13 編注 佩脫拉克（Francesco Petrarca, 1304－1374），義大利學者、詩人。起源於義大利式的十四行詩亦稱為「佩脫拉克十四行詩」（Petrarchan Sonnet）。特點在於八行詩（Octave）和六行詩（Sestet）兩部分的劃分。

14 編注 十四行詩傳入英國之後，英國的十四行詩以莎士比亞命名為「莎士比亞十四行詩」（Shakespeare's Sonnets）。英國的十四行詩與義大利式不同，分為四個部分：三節的四行詩（Quatrain，每組自有不同的押韻），以及一組的押韻對句（Couplet）。

15 編注 龐德（Ezra Pound, 1885－1972），美國著名詩人、文學家。

16 編注 李維英雄（Ian Hideo Levy, 1950－），文學作家。出身於美國，是目前少數母語非日語，卻以日語創作的作家。

17 編注 多和田葉子（1960－），出生於東京，一九八七年在德國作家出道。一九九三年《狗女婿上門》獲芥川獎。為旅居德國的日本小說家、詩人，曾獲德國學術界最權威的萊布尼茨獎。

18 編注 亞瑟・比納德（Arthur Binard, 1967－），旅日美籍詩人、翻譯家。出生美國密西根州。一九九〇年赴日。二〇〇一年，第一本日文詩集《釣上來的是》獲中原中也獎。目前定居廣島市。

谷川俊太郎

年表簡編

田原　整理

■ 1931年　出生

12月15日，以剖腹產誕生於東京信濃町的慶應醫院。現代著名哲學家、文藝理論家（父）谷川徹三（36歲）、（母）多喜子（34歲）的獨生子。

■ 1936年　5歲

進入高圓寺聖心學院幼兒園。自幼年始，夏天的大部分時光在群馬縣北輕井澤（父親的別墅）度過。山林中的自然景觀是形成詩人感受性的核心之一。

■ 1938年　7歲

就讀東京杉並區第二小學。擔任過數次班長，但對學校沒有留下快樂的記憶。熱衷於製作模型飛機和組裝電晶體收音機。開始跟音樂學校出身的母親學鋼琴。

■ 1944年　13歲

進入東京都立豐多摩初中。被任命為班長。因身體一直低燒不退，休學一學期。同年11月，美國空軍的B-29轟炸機開始大規模空襲日本領土。

■ 1945年　14歲

5月，東京遭受猛烈空襲，騎自行車在住家附近目睹遍地燒死的屍體。7月，與母親一起疏散到京都府久世郡澱町外婆家。9月，轉入京都府立桃山中學。同年8月6日和9日，美國分別在廣島、長崎投下原子彈。8月15日，日本宣佈無條件投降，第二次世界大戰結束。

谷川俊太郎年表簡編

■1946年　15歲

3月，在豐多摩中學（現為都立豐多摩高中）復學。開始沉迷聽貝多芬的音樂並深受感動。

■1948年　17歲

受北川幸比古等周圍朋友的影響開始詩歌創作。常常閱讀父親書架上的詩集，尤其喜歡岩佐東一郎、近藤東、安西冬衛、永瀨清子等易懂、幽默的詩歌作品。後接觸中原中也、三好達治、立原道造、宮澤賢治，法國詩人蘇培維爾（Jules Supervielle, 1884－1960）、波特萊爾（Charles Pierre Baudelaire, 1821－1867）、賈克・普維和奧地利詩人里爾克及美國詩人惠特曼等詩人的作品，其中對蘇培維爾和賈克・普維的作品留下深刻的印象。4月1日，在校友會雜誌《豐多摩》復刊二號上發表處女作〈青蛙〉。11月，在同人詩誌《金平糖》上發表〈鑰匙〉和〈從白到黑〉兩首均為八行的詩。

■1950年　19歲

在《螢雪時代》和《學窗》雜誌發表詩作。熱衷於閱讀《宮澤賢治童話集》。厭學情緒越來越激烈，數度抵抗老師。成績下降，喪失高考志願。3月畢業後，讓父親看寫在筆記本裡的詩作。12月，由詩人三好達治（父親的友人）推薦給《文學界》雜誌發表的〈奈郎〉等五首詩震撼文壇，後被稱為是「前所未聞的一種新抒情詩的誕生」。同年1月，日本現代詩人學會創立。

■1951年　20歲

2月，在《詩學》詩刊的推薦詩人欄目裡發表組詩〈山莊1、2、3〉。為岩佐東一郎和城左門的詩深深感動。同年，由企業家平澤貞二郎提供獎金並以其姓氏第一個拼音字母命名的首屆「H氏詩歌獎」授給殿內芳樹的詩集《斷層》。

■1952年　21歲

6月，出版處女詩集《二十億光年的孤獨》（創元社）。同年3月，詩人關根弘、長谷川龍生、濱田知章等創辦《列島》同人詩刊。4月，詩人西脇順三郎等創辦《GALA》同人詩刊。

■1953年　22歲

12月，詩集《62首十四行詩》（是從1952年4月至1953年8月間創作的百餘首十四行詩中選出的62首）由創元社出版。5月，與川崎洋、茨木則子、吉野弘、友竹辰、大岡信等成為《櫂》的詩歌雜誌同人。同年8月，大岡信在8月號的《詩學》詩刊發表〈現代詩試論〉。

■1954年　23歲

6月，與《荒原》派代表詩人之一的鮎川信夫在《文藝俱樂部》雜誌開始選評詩歌作品（選評工作一直持續到1956年1月）。與劇作家、小說家岸田國士之女——詩人岸田衿子結婚。遷往東京谷中初音町居住。7月，首屆《荒原》詩人獎授予吉本隆明和中江俊夫。大岡信在《詩學》發表〈戰後詩人論〉。

■1955年　24歲

離婚。獨自遷居東京西大久保。10月，出版詩集《關於愛》（創元社）。開始創作廣播劇本。11月，吉本隆明在《詩學》雜誌發表〈上一代的詩人們〉。

■1956年　25歲

9月，第一本攝影詩集《繪本》（的場書房）出版。

■1957年　26歲

與新話劇演員大久保知子結婚。移住東京青山。9月，出版散文集《愛的思想》（實業之日本社）。出版廣播劇本《男人之死》（NHK）和《吵鬧的住宅區》（文化放送社）。同年，《詩學》雜誌發表谷川俊太郎特輯。

■1958年　27歲

4月，出版《谷川俊太郎詩集》（東京創元社）。9月，在杉並家的旁邊另築新居。

■1959年　28歲

10月，出版詩論集《給世界》（東京弘文堂）。同年，與石原慎太郎、武滿徹等一起參加「發言」專題研討會。與大江健三郎在每日新聞社座談。6月，小田久郎創辦《現代詩手帖》雜誌。8月，大岡信、飯島耕一、吉岡實、清岡卓行、岩田宏創辦《鰐》同人詩刊。

■1960年　29歲

長男賢作出生。創作的三幕喜劇《散場》在四季劇團上演。4月，出版詩集《給你》（東京創元社）。

■1961年　30歲

居家潛心寫作。榮獲首屆《現代詩手帖》詩歌獎。思潮社開始編輯出版《現代詩手帖詩歌年鑑》。

■1962年　31歲

1月至翌年12月，系列時事諷刺詩在《週刊朝日》的「焦點欄」連載。9月，出版詩集《21》（思潮社）散文集《亞當與夏娃的對話》（實業之日本社）。歌詞〈一星期之歌〉獲日本唱片大獎的作詞獎。壺井繁治、城侑、佐藤文夫等創立詩人會議。同年，《現代詩手帖》4月號發表谷川俊太郎特輯。

■1963年　32歲

長女志野出生。2月，赴巴西里約熱內盧市觀賞嘉年華會。1月，壺井繁治等創辦《詩人會議》詩刊。11月，父親谷川徹三發表《宮澤賢治的世界》。6月，大岡信發表《藝術與傳統》。同年為手塚治蟲的動漫電視連續劇《原子小金剛》創作主題曲歌詞。

■1964年　33歲

9月，出版詩集《99首諷刺詩》（朝日新聞社）。參加東京奧運記錄片的製作並撰寫部分劇本。與音樂指揮家小澤征爾等座談。

■ **1965年　34歲**

1月，出版詩集《谷川俊太郎詩集》（思潮社）。7月，出版童謠繪本《日語的說明書》（理論社）。11月，在《現代詩手帖》發表系列組詩〈鳥羽〉。12月，參加《現代詩手帖》主辦的以「日本人的經驗」為題的詩歌研討會，與金子光晴、鮎川信夫、谷川雁、大岡信、吉本隆明等對談。同年分別出版童話、童謠和繪本三種。

■ **1966年　35歲**

5月，《詩和批評》在昭森社創刊。7月，作為美日友好交流成員，應邀赴西歐和美國做為期10個月的訪問旅行。在阿姆斯特丹國立博物館初次觀賞荷蘭畫家維梅爾（Johannes Vermeer, 1632－1675）的作品。

■ **1967年　36歲**

4月，結束對西歐和美國的訪問歸國。出版詩集《花朵的習慣》（理論社）。翻譯美國文學家韋伯斯特（Jean Webster, 1876－1916）的代表作《長腿叔叔》（河出書房）。為記錄片《京》寫劇本。

■ **1968年　37歲**

1月，出版詩集《愛情詩集》（河出書房），5月，出版《谷川俊太郎詩集・日本詩人17》（河出書房）。11月，出版詩畫集《旅》（香月泰男 畫，求龍堂）、詩集《谷川俊太郎詩集》（角川文庫）、詩畫集《樹》（堀文子畫，至光社）。同年12月，川端康成獲諾貝爾文學獎。

■ **1969年　38歲**

開始翻譯美國查爾斯・舒茲（Charles M. Schulz, 1922－2000）的漫畫《花生》（*Peanuts*）系列。參與大阪國際博覽會籌備工作並撰稿。11月，出版詩集《谷川俊太郎詩集〈現代詩文庫27〉》（思潮社）。另有五部翻譯著作出版，其中李奧尼（Leo Lionni, 1910－1999）的繪本《游泳》（*Swimmy*）暢銷一百餘萬冊。

■1970年　39歲

4月，應邀參加美國國會圖書館舉辦的華盛頓國際詩歌節。

■1971年　40歲

3月至5月，應美國國學士院詩歌學會之邀，與田村隆一等在美國各地舉行詩歌朗誦活動。7月，全家赴歐洲旅行。9月，出版詩集《俯首青年》（山梨絲綢中心出版部）。另有童話和翻譯著作七冊出版。

■1972年　41歲

為亞瑟·潘（Arthur Penn, 1922－2010）、克勞德·雷路許（Claude Lelouch, 1937－）、市川崑、約翰·史勒辛格（John Richard Schlesinger, 1926－2003）、米洛斯·福曼（Milos Forman, 1932－2018）、梅·柴特琳（Mai Elisabeth Zetterling，1925－1994）、尤里·奧澤羅夫（Yuri Ozerov,1 1921－2001）等八位導演共同執導的奧運紀錄片《時間停止，你很美麗——慕尼黑的17天》撰寫劇本（另外兩位劇本作者為大衛·休斯〔David Hughes〕、迪亞拉·歐茲洛夫〔Deliara Ozerowa〕）。8、9月到慕尼黑觀看奧運比賽。詩集《谷川俊太郎詩集·日本的詩集17》再版（角川文庫）。11月，出版隨筆集《散文》（晶文社）、繪本《語言的故事書》四冊（光之國社）。

■1973年　42歲

參加電影《流浪》的劇本創作。10月，出版詩集《語言遊戲之歌》（福音館書店）。11月，出版特輯《谷川俊太郎與他的世界》（青土社）。童話兩冊和翻譯著作兩冊分別在新進社和好學社出版。同年《現代詩手帖》6月號發表谷川俊太郎特輯。

■1974年　43歲

5月，出版詩集《小鳥在天空消失的日子》（三麗鷗）。11月，出版詩集《一個人的房間》（千趣會）。另有與父親等人的《對談》（昴書房盛光社）和譯著等出版。

■ **1975年　44歲**

5月，與大岡信的對談集《詩的誕生》（標準石油公司廣告部）出版後又被讀賣新聞社等多家出版社再版。9月，出版詩集《夜晚我想在廚房與你交談》（青土社）、《定義》（思潮社）、與武滿徹等人的對談《谷川俊太郎答33個提問》（出帆社）。譯著《鵝媽媽童謠》（*The Songs of Mother Goose*）獲日本翻譯文化大獎。同年英文版詩集《旅》（W. I. 艾略特、川村和夫譯）由美國Prescott Street Press出版後，數次再版。《現代詩手帖》臨時增刊出版谷川俊太郎專輯。

■ **1976年　45歲**

2月，出版詩集《無人知曉》（國土社），圖文書《十塊錢》（榆出版）、繪本《我》（長新太畫，福音館書店）、以及《鵝媽媽童謠》5集（堀內誠一畫，草思社，1975－1976出版）等譯著。同年辭退詩集《夜晚我想在廚房與你交談》和《定義》被授予的「高見順詩歌獎」。

■ **1977年　46歲**

6月，應邀赴荷蘭鹿特丹參加國際詩歌筆會。同月，出版隨筆集《三三五五》（花神社）。8月，出版詩集《新選谷川俊太郎詩集．新選現代詩文庫104》（思潮社）、《由利之歌》（昴書房）。9月，與大岡信的對談集《批評的生理》（標準石油公司廣告部）出版後又被思潮社等多家出版社再版。同年繪本三冊、譯著四冊分別由文研社和草思社等出版社出版。

■ **1978年　47歲**

4月，女兒志野赴美國留學。為電視節目《盧布美術館》寫台詞。9月，出版詩集《質問集》（書肆山田社）。另有繪本、童話、譯著七部出版。

■ **1979年　48歲**

2月，出版詩集《續．谷川俊太郎詩集》（思潮社）。3月，出版與河合隼雄的對談集《靈魂裡不需要手術刀》（朝日出版社）。6月，出版詩集《另外》（集英社）。11月，出版詩集《櫂．連詩》（集英社）。同年有七部繪本、隨筆和譯著分別由saela書房、講談社、大和書房、好學社、角川文庫、岩波書店等出版社出版。《EUREKA》雜誌9月號發表谷川俊太郎特輯。

■1980年 49歲

7月，赴美國加利福尼亞州訪問《花生》的作者查爾斯．舒茲。9月，出版詩集《到地球的郊遊》（教育中心社）。10月，出版詩集《可口可樂課程》（思潮社）。出版隨筆集《暖爐架上的陳列品．覽》（書肆山田）等三冊。五本譯著由佑學社等出版社出版。同年英文版詩集《夜晚我想在廚房與你交談》（W. I. 艾略特、川村和夫譯）由美國Prescott Street Press出版。《國文學》雜誌10月號發表谷川俊太郎特輯。

■1981年 50歲

3月，長男賢作結婚。5月，出版詩集《語言遊戲之歌．續》（福音館書店）。10月，出版詩集《童謠》（集英社）、與大江健三郎等的對談集《自己心中的孩子》（青土社）。另有對談集、隨筆集、散文集五冊、童話集三冊、譯著七冊出版和再版。

■1982年 51歲

3月，詩集《童謠續》（集英社）。6月，詩集《傾聽》（福音館書店）。7月，在東京舉辦個人攝影展，出版攝影集《SOLO》（達蓋爾出版）。11月，詩集《日子的地圖》（集英社）。另有隨筆八冊、童話和繪本六冊、譯著四冊分別由每日新聞社、集英社等出版社出版和再版。年與妻子知子分居。辭退該年度被授予的「藝術選獎文部大臣獎」，理由是不接受國家和跟政治團體有關的任何獎項。

■1983年 52歲

2月，詩集《日子的地圖》獲讀賣文學獎。出版詩集《嚇一跳》（理論社）。3月，出版詩集《現代詩人9．谷川俊太郎》（中央公論社）。5月，寺山修司去世。6月，完成與寺山修司之間的影片《影像書信》。與詩人正津勉的詩集《對詩》（書肆山田）出版。7月，開始創作預定由話劇集團「圓」演出的劇本《轟隆在哪裡》。另有兩冊隨筆、八冊童話和繪本、四冊譯著由富山房等出版社出版。同年，詩集《谷川俊太郎詩選》（H. Wright譯）由美國North Point Press出版。

■ **1984年　53歲**

1月，出版與大岡信的書信集《在詩和世界之間》（思潮社）。2月，母親多喜子去世。4月，出版詩集《信》（集英社）。10月，應美國紐約詩學中心邀請，在美國進行詩歌訪問和朗誦活動。與楠順範創辦影像雜誌《印象》。11月，出版詩集《日語的說明書》（思潮社）。12月，出版詩集《詩歌日曆》（瑪多拉出版）。另有其他著作和編著十餘冊出版。

■ **1985年　54歲**

4月，出版詩集《童謠》的合訂本（集英社）。5月，出版詩集《荒誕之歌》（青土社）、隨筆集《以語言為中心》（草思社）。8月，赴北歐旅行。出版詩集《凝望天空的藍・谷川俊太郎詩集 上》（大岡信 編，角川文庫）、《早晨的形狀・谷川俊太郎詩集 下》（北川透 編，角川文庫）。10月，出版隨筆集《走到「嗯」為止》（草思社）。11月，應美國紐約國際詩歌委員會之邀，與吉增剛造等在美國進行詩歌朗誦旅行。同年，詩集《荒誕之歌》獲得現代詩花椿獎。

■ **1986年　55歲**

3月，劇本《是何時是現在》由話劇集團「圓」演出。6月，赴希臘旅行。9月，偕父親赴歐洲旅行。同年，有六冊隨筆和編著出版和再版。童話兩冊、譯著兩冊出版。英文版詩集《可口可樂課程》（W. I. 艾略特、川村和夫譯）由美國Prescott Street Press出版。

■ **1987年　56歲**

1月，谷川製作的影像錄影帶（VHS）在冬芽社出版上市。3月，劇本《是何時是現在》

獲齋田喬戲曲獎。10月至11月，與川村和夫和W. I. 艾略特一起參加在美國紐約舉行的詩歌朗誦會。之後，與大岡信等一起赴西德參加連詩創作活動。12月，出版詩集《一年級生》（和田誠 畫，小學館）。

■1988年　57歲

5月，發行自己錄製的卡式錄音帶詩集《自作自詠》3卷（草思社）。創作的劇本《匿名者》由話劇集團「圓」演出。7月，出版詩畫集《裸體》（佐野洋子 畫，筑摩書房）。思潮社出版《谷川俊太郎的宇宙論》特輯。10月，詩集《裸體》獲野間兒童文藝獎。11月，詩集《一年級生》獲小學館文學獎。12月，日、美同時出版詩集《憂鬱順流而下》（日：思潮社；美：Prescott Stress Press，英文版由W. I. 艾略特和川村和夫譯）。同年，與大岡信、漢斯・卡爾・阿特曼（Hans Carl Artmann）、奧斯卡・帕斯蒂奧爾（Oskar Pastior）四人連詩選《VIER SCHARNIERE MIT ZUNGE》在德國出版。斯洛伐克語版詩集《谷川俊太郎詩選》（卡特琳娜・米庫洛娃〔Katarina Mikulova〕、米拉・豪格瓦〔Mila Hougova〕、桑原文子譯）由斯洛伐克Kruh Milovnikov Poezie出版。同年《現代詩手帖》11月號發表谷川俊太郎特輯。

■1989年　58歲

3月，與大岡信等人共同出版連詩詩集《法薩南街的繩梯》（岩波書店）。4月，與大岡信的對談集《現代詩入門》（中央公論社）再版（初版為1985年8月）。9月，父親去世。10月，與知子離婚。同年，出版隨筆兩冊、童話三冊、譯著六冊等著作。由W. I. 艾略特和川村和夫共譯的詩集《憂鬱順流而下》獲第10屆美國國家圖書獎。

■1990年　59歲

4月，出版《誰？》（井上洋介畫，講談社）。5月，與佐野洋子結婚。9月，應作家同盟的邀請，與高良留美子等赴當時的蘇聯訪問旅行。10月，與大岡信一起在德國法蘭克福參加連詩活動。之後，赴法國和摩洛哥旅行。12月，出版詩集《靈魂的最美味之處》（三麗鷗）。另出版隨筆三冊、譯著六冊。同年，德語版詩選集《到地球的郊遊》（克洛芬斯坦〔E. Klopfenstein〕譯）由德國島嶼出版社（Insel Verlag）出版。

■1991年　60歲

3月，出版詩集《致女人》（Magazine House）。文學雜誌《鴿》第三號發表谷川俊太郎特輯。至4月末，在檀香山和紐約旅行滯留。5月，出版詩集《打算贈詩一事》（集英社）。8月，參加國際比較文學會舉辦的連詩創作活動。10月，與白石嘉壽子等一起在英格蘭、威爾斯、蘇格蘭各地進行詩歌朗誦及連詩創作活動。另出版童話三冊、譯著兩冊。出版英譯本詩集《悠揚動聽的日本詩》（附CD，岩波書店）。同年，日英對照版詩集《荒誕之歌》（W. I. 艾略特、川村和夫譯）由青土社出版。

■1992年　61歲

3月，詩集《致女人》獲丸山豐現代詩紀念獎。6月，應邀赴荷蘭鹿特丹參加國際詩歌筆會。9月，參加關東學院大學舉辦的詩歌講座及朗誦會。同年，出版處女詩集《二十億光年的孤獨》增訂版（三麗鷗）。英文版詩集《62首十四行詩＋定義》（W. I. 艾略特、川村和夫譯）由美國Katydid Books出版社出版。

■1993年　62歲

1月，出版詩集《這就是我的溫柔　谷川俊太郎詩集》（集英社文庫）。3月，赴巴勒斯坦耶路撒冷參加國際詩歌節。4月，參加在倫敦舉行的詩歌朗誦會。出版詩集《十八歲》（東京書籍）、《孩子的肖像》（紀伊國屋書店）。5月，出版詩集《不諳世故》（思潮社）。6月，同大岡信一起與瑞士詩人舉行連詩創作活動。7月，思潮社出版《谷川俊太郎詩集．續》增訂版、《谷川俊太郎詩集．續續》。同月，《現代詩手帖》雜誌發表〈現在、誦讀谷川俊太郎〉特輯。10月，詩集《不諳世故》獲首屆萩原朔太郎詩歌獎。11月，與作家佐佐木幹郎等一起參加在法國舉辦的國際詩歌展覽會。同年，出版散文、隨筆四冊、譯著四冊。製作的錄影帶被河出書房翻譯成英文出版。

■ 1994年　63歲

1月，出版詩集《富士山與太陽》（佐野洋子畫，童話屋）。1月至5月，在前橋文學館舉辦個人創作展。6月，赴印尼峇里島旅行。9月，赴黎巴嫩旅行。10月，赴倫敦參加國際寫作筆會。11月，出版編著《母親的情書》（新潮社）。12月，出版與高田宏和吉本芭娜娜的對談集《不可思議的三角宇宙》（廣濟堂出版）。同年10月，大江健三郎獲諾貝爾文學獎。

■ 1995年　64歲

1月，出版詩集《聽莫札特的人》（附自己朗誦的CD，小學館）。2月，赴夏威夷旅行。出版英文版詩集《Traveler／日日》（W. I. 艾略特、川村和夫譯）。5月，出版詩集《與其說純白》（集英社）。10月，出版為瑞士畫家保羅．克利（Paul Klee）的畫配詩的詩畫集《克利的繪本》（講談社）。11月，《國文學》雜誌發表〈語言樸素的面孔——谷川俊太郎特輯〉。同月赴洛杉磯旅行。

■ 1996年　65歲

1月，因創作成就突出獲朝日新聞文化獎。2月，摯友音樂家武滿徹去世。從此年始，為配合音樂家兒子賢作的樂隊「DiVa」進行演奏和詩歌朗誦活動，開始疏遠日本現代詩的專業雜誌。4月，出版與大江健三郎、河合隼雄的對談集《日語和日本人的心》（岩波書店）。7月，與佐野洋子離婚。同月，出版為攝影家荒木經惟的人體攝影配詩的攝影詩集《溫柔不是愛》（幻冬社）。12月，同佐佐木幹郎一起在尼泊爾加德滿都與當地詩人舉行詩歌朗誦。同年，出版英文版詩集《裸體》（W. I. 艾略特、川村和夫譯，美國Stone Bridge Press／Saru Press International）、日英對照詩集《二十億光年的孤獨》（W. I. 艾略特、川村和夫譯，北星堂書店）、英文版詩選《日子的地圖》（哈洛德・萊特〔Harold Wright〕譯，美國Katydid Books）。

■ **1997年　66歲**

3月，赴澳洲伯斯旅行。9、10月，與「DiVa」樂隊一起在九州、關西、北海道等地巡演。

■ **1998年　67歲**

3月，與「DiVa」樂隊一起赴美國東海岸做演奏、詩歌朗誦和錄音旅行。5月，赴雪梨參加作家筆會。6月，出版新版《谷川俊太郎詩集》（春樹文庫）。10月，赴北京、上海觀光。歸國後參加NHK電視台舉辦的「詩歌拳擊」比賽，兩個多小時的舌戰後擊敗對方，獲勝。11月，赴倫敦和鹿特丹參加國際詩歌筆會。出版英文版詩集《谷川俊太郎詩選》（W. I. 艾略特、川村和夫譯，英國Carcanet出版社）。同年，該詩選獲得英國最大的笹川財團翻譯獎（Biennial Sasakawa Prize for Translation）。

■ **1999年　68歲**

3月，《谷川俊太郎作品輯》被譯成中文在第二期《世界文學》發表。7月，應邀出訪印度。出版詩、文、歌詞合集《BRUTUS圖書館・谷川俊太郎》（Magazine House）。9月下旬起，初次以詩人身分在中國瀋陽、北京、河南、重慶、昆明、上海等地進行了為期半個多月的詩歌訪問、演講和朗誦活動，在中國詩界引起反響。10月，出版詩集《大家都溫柔》（大日本圖書）。同年，希伯來語版詩集《致女人》（A. 高橋、阿米爾・奧爾〔Amir Or〕譯）由以色列Modan Publishing House／Tel-Aviv 出版社出版。

■ **2000年　69歲**

1月，出版《谷川俊太郎詩全集》CD（岩波書店）。2月，出版日英對照詩集《俯首青年》（矢口以文、凱瑞・泰耶爾〔Cary Tyeryar〕譯，響文社）。5月，應邀赴丹麥參加丹麥語版詩集《對蘋果的執著》（蘇珊・約恩〔Susanne Jorn〕譯，Borgens Forlag出版）的新書發表會。之後，在哥本哈根做詩歌朗誦活動，並赴瑞典的馬爾默參加國際詩歌節。8月，《鴿》雜誌發表〈谷川俊太郎繪本特輯〉。10月，與大岡信、高橋順子等赴荷蘭鹿特丹參加連詩創作活動和在當地舉行的日、荷連詩發佈會。同月，出版為瑞士畫家保羅・克利的畫配詩的詩畫集《克利的天使》（講談社）。11月，在《週刊星期五》雜誌與新聞主播築紫哲也、歌手宮澤和史對話。

■ 2001年　70歲

3月，應中國詩人麥城之邀，赴大連、北京、蘇州和上海進行詩歌訪問。7月底至8月初，赴美國旅行。10月，出版詩選集編著《詩是何物》（筑摩書房）。12月，出版散文集《一個人生活》（草思社）。

■ 2002年　71歲

1月，出版散文集《打開風口》（草思社）。

2月，出版六部詩集的合集《谷川俊太郎詩集》（思潮社）。5月，應邀赴南非參加國際詩歌筆會。同月，《三田文學》雜誌發表專訪特輯〈我的文學〉。6月，出版簡體中文版《谷川俊太郎詩選》（作家出版社）。7月，到中國參加在北京大學舉行的《谷川俊太郎詩選》新書發表會。之後赴雲南、上海進行詩歌交流活動。8月，出版散文集《沉默的周圍》（講談社）。10月，出版日英對照詩集《minimal 谷川俊太郎》（思潮社）。同年《現代詩手帖》5月號發表谷川俊太郎特輯。

■ 2003年　72歲

3月，應國際交流基金邀請，赴德國、法國等地參加詩歌朗誦活動。3月至10月，在東京池袋一家書店擔任特約「谷川俊太郎書店」店長。5月，蒙古語版詩集《谷川俊太郎詩選》在烏蘭巴托出版。6月，出版谷川俊太郎、田原、山田兼士合著的對話集《谷川俊太郎詩話》（澪標）。10月，出版詩集《午夜的米老鼠》（新潮社）。

■ 2004年　73歲

1月，出版簡體中文版《谷川俊太郎詩選》第二冊（河北教育出版社）。7月，出版攝影詩集《早晨》、《黃昏》（吉村和敏攝，Arisu館）。10月，出版對談集《谷川俊太郎讀「詩」》（與田原、山田兼士合著，澪標）。英語版詩集《不諳世故》和法語版詩集《克利的天使》分別在美國和法國出版。應約創作的歌詞《世界的約定》被宮崎駿的動漫電影《霍爾的移動城堡》作為主題曲使用，這首歌由歌手、作曲家木村弓譜曲、音樂家久石讓編曲。

■ 2005年　74歲

3月，簡體中文版第二冊《谷川俊太郎詩選》獲得第二屆「21世紀鼎鈞雙年文學獎」，谷川出席在北京舉行的頒獎典禮。5月，出版詩集《夏卡爾與樹葉》（集英社）。6月至7月，應邀參加在哥倫比亞麥德林舉辦的國際詩歌節。英文版詩集《打算贈詩一事》和《裸體》分別在英國出版。同年，詩集《裸體》在尼泊爾出版，詩選集在馬其頓等國家出版。

■ 2006年　75歲

1月，詩集《夏卡爾與樹葉》及《谷川俊太郎詩選集1－3卷》（田原編，集英社）獲得第47屆每日新聞藝術獎。5月，出版詩集《喜歡》（理論社）。8月，應中國詩人駱英之邀，赴中國安徽黃山、宏村觀光並在北京大學與中國詩人和學者座談。同月，應邀在賽爾維亞首都貝爾格萊德朗誦詩歌，其後參加馬其頓國際詩歌節。詩集《夏卡爾與樹葉》的丹麥語版在丹麥出版。應邀參加在挪威舉辦的國際詩歌節，其後應邀在哥本哈根朗誦詩歌。11月，出版歌詞集《歌之書》（講談社），同月的《現代詩手帖》發表谷川俊太郎特輯。12月在新加坡出版詩集《定義》（中英對照版）。同月，出版對談集《詩人和繪本》（講談社），攝影詩集《照片裡的天空》（荒木經惟攝，Aton）。同年，英文版詩選集在美國出版。

■ 2007年　76歲

8月，出版《谷川俊太郎質詢箱》（東京糸井重里事務所）。10月，赴烏蘭巴托參加中、日、蒙詩歌對話活動，第二本蒙古語版詩選在烏蘭巴托出版並獲授予蒙古國最高文化勳章。11月，出版詩集《我》（思潮社）。同年，詩集《不諳世故》的西班牙語版在墨西哥出版。塞爾維亞語詩選集在塞爾維亞出版。

■2008年　77歲

2月，出版日英對照文庫版《二十億光年的孤獨》（集英社）。3月，詩集《我》獲得第23屆詩歌文學館獎。從4月4日的《朝日新聞晚報》開始連載短詩（每月一首）。4月號《現代詩手帖》發表谷川俊太郎特輯。5月赴北京旅遊。同月，應邀赴瑞士等國朗誦詩歌。10月，出版《谷川俊太郎校歌詞集》（澪標）。詩集《克利的天使》德語版分別在柏林和瑞士出版。詩集《夏卡爾與樹葉》的英文版在英國出版。同年，與覺和歌子共同執導的電影《我是海鷗》上映。

■2009年　78歲

8月初，應邀赴阿拉斯加參加詩歌活動，下旬，赴北京旅遊。5月，出版詩集《特羅姆瑟拼貼畫》（新潮社）。7月，出版文庫版詩集《62首十四行＋36》（集英社）。9月，出版詩集《詩之書》（集英社）。同年多部外國語版詩選集分別在韓國、印度和丹麥等出版。《詩之船》雜誌發表谷川俊太郎童詩特輯。

■2010年　79歲

1月，雜誌《Coyote》No.40發表二百多頁的〈谷川俊太郎去阿拉斯加〉特輯。詩集《特羅姆瑟拼貼畫》獲得第一屆鮎川信夫詩歌獎。8月，出版中日對照版詩選《春的臨終——谷川俊太郎詩選》（香港牛津大學出版社）。9月，出席中國詩人北島主持的首屆「國際詩人在香港」，香港城市大學圖書館舉辦小規模的谷川俊太郎圖書展。同月，出版詩選集《我的心太小》（田原編，角川學藝出版）。

■ 2011年 80歲

1月，出版與攝影家伴田良輔合著的乳房照片詩集《mamma》（德間書店）、為自己的攝影作品配詩的作品集《東京敘事詩及其他》（幻戲書房）。出版翻譯繪本六冊、童話集三冊。10月，在東京與美國詩人蓋瑞．斯奈德對話和朗誦。同年獲得第三屆中坤詩歌獎。

■ 2012年 81歲

4月，2011年上市的電子版詩集《iPhone App》獲得「2012年度電子書籍獎」的文藝獎。5月，在開設的正式網頁「谷川俊太郎.com」上發表短文和彙報活動近況。7月，紀伊國屋書店跟拍一年多的專題影片《詩人谷川俊太郎》DVD上市。6月，七六社定期出版《谷川俊太郎詩歌郵件》。

■ 2013年 82歲

1月，出版自選集《谷川俊太郎詩集》（岩波書店）。2月，出版《寫真》（晶文社）。6月，出版在朝日新聞連載五年的短詩集《心》（朝日新聞出版）。9月，簡體中文版詩選《小鳥在天空消失的日子》由浦睿文化傳播和湖南文藝出版社聯合出版。

■ 2014年 83歲

1月，出版繪本《金井君》（東京系井重里事務所），引起社會迴響。8月，出版詩集《對不起》（七六社）。9月號《現代詩手帖》發表討論詩集《心》的特輯。10月，應邀參加台北詩歌節。11月，出版攝影詩集《雪國的白雪公主》（PARCO出版）、攝影詩集《眾神晚安》（七六社）。

■ 2015年 84歲

2月，出版攝影詩集《恐龍人間》（PARCO出版）。4月，出版詩集《作詩》（思潮社）。7月，出版詩集《我和你》（七六社）、繪本《不打仗》（講談社）。8月16日每日電視台在備受歡迎的《情熱大陸》節目播放跟拍的《詩人谷川俊太郎》。最新英文版詩選《New Selected Poems》在英國出版。12月，在台灣出版中日對照繁體中文版《二十億光年的孤獨》和《谷川俊太郎詩選》（合作社）。

■ 2016年 85歲

3月，《關於詩》（思潮社2015年4月）獲得三好達治詩歌獎。5月，在台灣出版繁體中文版《一個人生活》（大塊文化）。8月，出版簡體中文版新編《谷川俊太郎詩選》（人民文學出版社）。9月至10月，靜岡縣三島市的「大岡信語言館」舉辦「谷川俊太郎展」。10月，岩波書店發行54冊詩集的電子書。

■ 2017年 86歲

4月，大岡信去世。6月，谷川在明治大學舉辦的大岡信告別式上朗誦詩歌。北海道札幌市內以谷川俊太郎名字命名的第一家「俊咖啡」店開業。10月，獲得台灣太平洋國際詩歌「累積成就獎」。出版與讀賣新聞記者尾崎真理子的對話集《被叫作詩人》（新潮社），與覺和歌子的合著《對詩 2馬力》（七六社）。11月，在香港國際詩歌節以「古老的敵意」為題與敘利亞詩人阿多尼斯對話，之後赴廈門參加詩歌朗誦和簽售會。

■ 2018年 87歲

1月13日至3月25日，「谷川俊太郎展」在東京歌劇城藝術館舉行。1月，出版詩文集《你好》（七六社）。5月，跟佐野洋子合著的詩與小說集《兩個夏天》（小學館）改版再版。出版簡體中文版《我》、《定義》和《minimal》三本詩集的合集《我》（人民文學出版社）。6月，出版山田馨編《童謠》（童話屋）。9月，出版《那時，詩在身旁——谷川俊太郎詩選》（大和書房）、詩集《年輪蛋糕》（七六社）。11月，出版中日對照簡體中文版《三萬年前的星空》（江蘇鳳凰文藝出版社）。同月，台灣出版繁體中文版《我：谷川俊太郎詩集》（合作社）。12月，出版隨筆集《關於幸福》（七六社）。

■2019年 88歲

4月，出版詩集《普通人》(Switch Publishing)。6月，出版文庫版詩選《我的心很小》（集英社）。7月，出版愛情詩選《戀愛是一件小題大做的事》（中信出版社）。8月，台灣出版繁體中文版《minimal：谷川俊太郎短詩集》（合作社）。9月，獲建築設計界的TORAFU獎。11月，獲2019年度日本國際基金獎。12月，出版《谷川俊太郎詩集剛剛》（講談社）。

■2020年 89歲

4月，出版《畫的內與外，描繪谷川俊太郎的世界》（後藤真理子編，講談社）。7月，出版詩集《米壽》（新潮社）。8月，出版繁體中文版《兩個夏天》（木馬文化）。11月，出版對話集《詩活的死活》（澪標）。繁體中文版詩集《定義》與《心》先後在台灣合作社出版。

■2021年 90歲

3月，出版文庫版《總有一天——兒童詩精選147》（田原編選，集英社）。5月，跟田原一起參加香港國際詩歌之夜「突圍」網上直播第一場對話。同月，出版簡體中文版《谷川俊太郎詩歌總集》（江蘇鳳凰文藝出版社）。12月，台灣合作社出版《二十億光年的孤獨》繁體中文新版。

■2022年 91歲

1月，出版繪本《我》（岩崎書店）。7月，出版跟詩人俵萬智的對話集《在語言的歸宿場所》（春陽堂書店），短詩選集《旁邊的谷川俊太郎》（田原編、詩歌碎片社）。獲得2022年度北馬其頓（原馬其頓共和國）舉辦的國際詩歌大會「斯托爾加詩歌節」最高榮譽「金冠獎」。

讀谷川的詩
谷川俊太郎詩選全集　2

作者｜谷川俊太郎
編譯｜田原
封面設計｜林小乙 ATOM NO COLOR
扉頁素材提供｜常茵茵
封底插畫提供｜田原
內頁設計完稿｜黃淑華
主編｜王筱玲
總編輯｜林明月

發行人｜江明玉
出版、發行｜大鴻藝術股份有限公司　合作社出版
臺北市大同區南京西路62號15樓之6
電話：(02) 2559-0510　傳真：(02) 2559-0502

總經銷｜高寶書版集團
台北市114內湖區洲子街88號3F
電話：(02) 2799-2788　傳真：(02) 2799-0909

2022年10月初版　Printed in Taiwan
定價880元

最新合作社出版書籍相關訊息與意見流通，請加入Facebook粉絲頁
臉書搜尋：合作社出版
如有缺頁、破損、裝訂錯誤等，請寄回本社更換，郵資由本社負擔。

讀谷川的詩：谷川俊太郎詩選全集2／谷川俊太郎作；田原編譯.
-- 初版. -- 臺北市：大鴻藝術股份有限公司合作社出版,
2022.10- 2冊：13×18公分
ISBN 978-986-06824-1-0（第2冊：精裝）
861.51　　111014907